분산연애

分散戀愛
by MOMO SHINZAKI

First published in Japan in 2005 by OHZORA PUBLISHING Co.

분산연애

초판 1쇄 | 2010년 7월 19일
초판 발행 | 2010년 7월 26일
지은이 | 신자키 모모
옮긴이 | 이지연
펴낸이 | 천봉재
주소 | 서울 성동구 금호동4가 95-1
전화 | 02-2299-1290~1
팩시밀리 | 02-2299-1292
홈페이지 | www.ilsongbook.com
등록 | 1998. 8.13 제6-1382호

E-mail | minato3@hanmail.net

잘못된 책은 구입하신 서점에서 바꾸어 드립니다.
ISBN 978-89-5732-103-4 03830

5천만 일본 여성의 연애관을 단숨에 뒤바꾼 분산연애의 정체!

분산연애

分散戀愛

신자키 모모 지음 | 이지연 옮김

일송북

안녕하세요? 「분산연애」의 저자 신자키 모모(新崎もも)입니다.

일본에서 한국 드라마나 영화는 많은 인기와 사랑을 받고 있습니다. '한류'라는 단어는 이젠 일본 사회에 완전히 정착되어 그 인기가 더욱 높아지고 있습니다. 물론 저도 한국 문화를 사랑하는 열렬한 팬 중의 한 사람입니다. 제가 너무나도 좋아하는 나라, 한국에서 「분산연애」를 출간하게 되어 대단히 기쁩니다.

당신은 단 한 사람, 사랑하는 사람이 있습니까? 그리고 그 사람에게서 사랑받고 있습니까?

대답이 'YES'라는 사람은 이 책을 읽고 불쾌하다고 느낄 수 있습니다. 이 책은 대답이 'NO'라는 사람에게, 행복한 삶을 즐길 수 있도록 쓴 연애지침서입니다.

아무리 강한 인간이라도 혼자서는 살 수 없습니다. 누군가를 사랑하고, 누군가에게서 사랑받으며 살아갑니다. 단 한 사람의 운명적인 사람이 나타난다면 평생을 그 한 사람과 사랑하며 행복하게 살아갈 수 있습니다. 그러나 그런 사람을 만나지 못하였다면, 정신적으로 불안정해지고 살아가는 힘마저 잃기도 합니다. 연애 상대를 한 사람에 국한시키지 말고 여러 명으로 분산시킴으로써, 이로 인하여 일상을 즐겁고 활기차게 지낼 수 있지 않을까 생각합니다.

한국에서의 출판이 가능하게 된 계기는 어느 한국 독자의 연락 때문이었습니다. 그 독자는 일본TV 방송프로그램에 제가 게스트로 나왔을 때 처음으로 '분산연애' 라는 말을 들었다고 합니다. 그리고 당장 서점으로 가서 「분산연애」를 사서 읽으셨다고 합니다. 그리고 제게 출판사를 통해 "한국에서도 이 책이 꼭 번역되어 한국독자도 읽어 보았으면 좋겠다."는 의견을 주셨습니다.

많은 어려움에도 불구하고 한국에서 「분산연애」를 출간한 것에 대해 다시 한번 행복하게 생각합니다. 그리고 그 독자분의 열

의에 큰 감동을 느꼈습니다. 또한 한국의 일송북 사장님과 책을 예쁘게 만들어 주신 출판사 관계자분들께도 감사드립니다.

2010년 7월

신자키 모모(新崎もも)

프롤로그

분산연애, 새로운 사랑을 시작하세요

사람은 누구나 외롭습니다. 혼자서는 살 수 없습니다. 누군가의 어깨에 기대고 싶을 때도 있고, 자신의 어깨를 빌려주어야 할 때도 있습니다. 좋은 배필을 만나 백년해로하는 사람들은 서로를 바라보며 행복한 삶을 꾸려갑니다. 그러나 이처럼 멋진 인연은 우리 일생에 만나기 어렵습니다.

변치 않는 사랑을 맹세한 부부가 4분에 한 쌍 꼴로 이혼하는 시대입니다. 평생의 동반자를 만난 사람은 이 책을 읽을 필요가 없습니다.

이 책에는, 현재 연애로 고민하는 여성, 남자 때문에 괴로워하는 여성에게 도움이 되는 이야기들이 담겨 있습니다.

"사귀는 남자친구가 있는데 갈수록 실망스러워요."

"눈이 높다는 얘기는 들어요. 그래서인지 아직 남자를 못 만났어요."

"다음 세상에 태어나면 이 남자와는 결혼하지 않을 거예요."

남자에 대한 기대치가 높은 분들에게 '분산연애'를 권합니다. 이 새로운 사랑법이 여러분의 억눌린 마음을 자유롭게 하고, 타는 갈증을 해소해 줄 것이라고 확신합니다.

이 책을 쓰게 된 계기가 있습니다. 한번은 이메일메거진(E-mail Magazin)에 '분산연애'를 주제로 수필을 연재했습니다. 반응이 뜨거웠습니다. 독자로부터 감사의 메일이 속속 들어왔습니다.

"실은 저도 분산연애를 하고 있습니다. …… 이 용어가 저를 구제해 주었습니다. 현재 세 명의 남자친구와 사귀고 있는데 아무에게도 이 사실을 털어놓을 수 없어서 괴로웠습니다. 세 명 모두 제게는 소중한 사람들입니다. 이제부터는 당당하게 제 연애관을 밝힐 수 있을 것 같습니다. 분산연애라는 용어 덕분에 설명이 쉬워졌습니다."

이런 뜻밖의 반응에 출판사에서도 뜻 깊은 제안을 해주셨습니다.

"이번에 새로 발행할 여성지에 '분산연애'라는 용어를 써서 특집을 꾸몄으면 좋겠습니다."라고…

걱정이 앞섰습니다. 아직은 오해하기 쉬운 말이었으니까요. 그래서 직접 단행본을 통해 자세히 설명해야겠다고 마음먹었습니다. 이 책은 이렇게 집필하게 되었습니다.

1장에서는 분산연애가 무엇인지 설명했습니다. 2장에서는 사례를 실었습니다. 이메일매거진에 연재할 당시 저에게 메일을 보낸 독자들의 이야기입니다.

한 사람만 바라보고 사는 것이 최선이 아닙니다. 한 사람에게만 헌신하며 사는 것도 정답은 아닙니다. 당신을 필요로 하는 사람은 많습니다. 당신은 여러 사람을 만나는 가운데 행복을 찾을 수 있습니다.

여러 명의 연인에게 애정을 주면 두세 배의 사랑을 받을 수 있습니다. 그 방법으로 우리의 행복을 만들어 갑시다.

차례

CHAPTER 01
분 산 연 애 란 무 엇 인 가 ?
分散戀愛

01

차례

CHAPTER 02

분산연애의 다양한 유형과 사례

分散戀愛

트라우마형 분산연애

애정보충형 분산연애

02

다양한 남성과의 교제로부터
활력을 얻을 수 있다면,
내가 나답게 항상 밝게 웃으며
살 수 있다면
그것으로 충분합니다.

CHAPTER 01
분산연애란 무엇인가?
分散戀愛01

분산연애란 여러 명의 연인을 사귀는 것으로, 몸과 마음을 분산시키는 연애법입니다.

천생연분을 만나 행복하게 살 수 있다면 얼마나 좋겠습니까. 굳이 잘 보이려고 애쓰지 않고 서로를 이해하면서 함께 나이 들어가는 것만큼 이상적인 남녀관계도 없습니다.

그러나 현실은 다릅니다. 혹시 당신은 매일 괴롭고 그리워서 남 몰래 눈물 흘리고 계신가요?

만일 그렇다면 다른 사랑을 찾아야 합니다. 우리가 꿈꾸던 사랑은 주기도 받기도 힘듭니다. 그는 내가 어떤 사랑을 바라는지 이해하려고 하지 않습니다. 그는 내가 주는 사랑도 받으려고 하지 않습니다. 마음이 시커멓게 타들어갑니다. 그럴 때 가슴의 빈자리를 다른 사람으로 채워 봅시다. 연인이 채워주지 못하는 이 마음을 다른 누군가의 사랑으로 채울 수 있다면 우리는 머리부터 발끝까지 에너지로 충만한 하루하루를 보낼 수 있습니다.

당신이 항상 웃기를 바랍니다. 당신이 발그레한 얼굴로 젊음을 노래하길 바랍니다. 그 시작이 분산연애입니다.

당신의 오늘 하루는 어떠했습니까?

A

그가 좋아하는 옷으로 차려 입고, 그가 즐기는 이탈리아 요리를 먹고, 그의 취향에 맞는 영화를 보았습니다. 저는 사랑받는 여자가 되기 위해 노력하고 있습니다. 하지만 저는 알고 있습니다. 그의 마음속에는 다른 여자가 있다는 것을……. 그와 만날 때마다 마음속으로 이렇게 외칩니다.

'한눈팔지 말고 나만 바라봐. 당신의 마음에 드는 여자가 될 테니까. 헤어진 그 여자는 그만 잊어!'

……저는 그의 모든 것을 원합니다. 그러면서 빈 가슴을 쓸어내립니다. 견딜 수 없을 만큼 외롭습니다.

B

그와 교제한 지 2년이 지났습니다. 그는 도박에 미쳤습니다. 빚도 산더미 같습니다. 술버릇도 나쁩니다. 술에 취하면 사람이 변합니다. 한마디라도 싫은 소리를 하면 폭력을 휘두릅니다. '시끄러워! 제발 입 좀 닥쳐!' 술이 깨면 딴사람이 된 듯 자상하게 저를 안아줍니다. 이제는 지긋지긋합니다. 헤어지고 싶습니다. 하지만 제가 없으면 이 남자는 단 하루도 살아갈 수 없습니다. 이렇게 손찌검을 당하면서 평생 이 남자의 보호자 역할을 해야 하는 걸까요. 누가 좀 도와주세요.

C

열렬한 교제 끝에 결혼에 골인했습니다. 결혼과 동시에 사표를 내고 전업주부가 되었습니다. 제 자신이 원해서 결정한 일이지만 요즘 집에만 있기 갑갑합니다. 무슨 재미있는 일좀 없을까, 공연히 마음이 싱숭생숭합니다.
아침에 남편을 출근시키고 나면 청소하고 세탁기를 돌린 뒤에 텔레비전을 켭니다. 어느 평범한 가정의 남모를 이야기를 재구성한 드라마 한 편을 보면서 홍차를 마십니다. 저녁이 되면 빨래를 걷고, 노을이 지는 방에서 옷가지를 갭니다.

다람쥐쳇바퀴 돌듯 똑같은 하루가 반복됩니다. 내가 바라던 행복이 이런 것이었나, 저도 모르게 한숨을 푹 내쉽니다.

요즘 남편은 '힘들어 죽겠다'는 말을 입에 달고 삽니다. 부부 관계도 한 달에 한 번 가질까 말까. 남편과의 관계가 소원해졌습니다.

집안일은 아무리 열심히 해도 티가 나지 않습니다. 내일도 오늘과 똑같은 하루를 보내겠지요. 그 밥에 그 나물…….

도대체 나의 존재 가치는 무엇일까요?

사례에 등장하는 여성들은 하나같이 한 남성에게 신경을 쓰느라 괴로운 나날을 보내고 있습니다. 한 번쯤 다른 남성에게 마음을 쏟을 수 있다면 이렇게 공허감에 빠지지 않을 텐데 말입니다.

사람은 누구나 좋아하는 사람에게 도움이 되고 싶어 합니다.

예를 들어 연인이 곤란에 처하면 누구라도 손을 내밀고 싶어집니다. 이때 그가 우리의 손길에서 위로를 받고 힘을 낸다면 이를 통해 우리는 자신의 존재 가치를 느낍니다. 마찬가지로 우리가 힘들 때 그의 어깨에 기대고 싶어집니다.

연인에게 위로가 되고, 여기서 기쁨을 느끼는 것이 연애라면 굳이 한 명에게서 이 모든 것을 요구할 필요는 없지 않을까요?

지금까지 남녀관계가 힘들었던 이유는 나의 모든 갈증을 한 사람을 통해서 만족시키려고 집착했기 때문입니다.

지금 곧 서점으로 달려가서 연애와 관련된 책을 살펴봅시다.

"사랑받는 여자가 되기 위한 방법……."

"그의 관심을 끌기 위한 연애 테크닉……."

지금까지 나온 책들은 남성의 시선에 맞춰진 수동적인 연애 방법을 다룹니다. 그러나 분산연애는 여성 자신이 중심이 됩니다. 여성 자신의 몸과 마음을 충족시키기 위해 여러 명의 남성을 스스로 선택하는 새로운 연애 방식입니다.

분산연애의 첫 걸음을 떼려면 자기 자신부터 사랑해야 합니다.

세상의 중심을 그가 아닌 나로 기준을 정할 때 분산연애를 시작할 수 있습니다.

남자에 대한 집착을 버리면 한 남자에게만 의존하지 않게 되고, 마음의 자유를 얻을 수 있습니다. 이 자유를 통해서 통통 튀는 생동감을 삶에 구현할 수 있습니다.

불륜도 아니고, 바람을 피우는 것도 아니다

"남자친구 말고도 좋아하는 사람이 있어."

"여러 명을 동시에 사귀고 있어."

이렇게 말하면 사람들은 여지없이 자기 귀를 의심합니다. 한 사람만을 사랑하는 것이 미덕으로 여겨지기 때문에 여러 명의 남자와 교제한다는 말에 눈을 동그랗게 뜨고 쳐다봅니다.

한 남자로 만족하지 못해서 여러 남자의 품을 오가는 바람난 여자라고 생각할지도 모릅니다. 잠자리 때문에 그런다고 지레 짐작하여 호기심 어린 눈으로 바라보는 사람도 있습니다.

분산연애는 단지 육체적인 외로움을 잊기 위함도 아니고, 바람피우기 위한 연애법도 아닙니다. 또한 '차 태워주는 남자', '밥 사주는 남자'와 같이 남성을 도구처럼 부리기 위함도 아닙니다.

분산연애는 여러 명의 이성을 상대로 마치 일대일의 진지한 교제와 같이 상대방을 배려하고 존경하고 설렘을 느끼는, 너무나도 사치스러운 연애법입니다.

지금까지 여러 명의 이성과 연애하는 것을 상징하는 말이 없었습니다. 남성이 애인이나 아내 이외의 여성과 교제하면 내연의 관계라거나 불륜, 바람피우기와 같은 말로 설명했습니다.

"여자 한두 명도 못 사귀어? 네가 남자야?"

이처럼 비뚤어진 연애관을 가진 남자도 있지만 남성의 분산 연애에 대해서는 사회적으로 어느 정도 용인되고 있습니다. 이에 비하여 여성이 여러 명의 남성과 교제하는 것은 전혀 인정받지 못합니다. 심지어 '음란한 여자' 라는 등 모욕적인 말을 던지는 경우도 있습니다.

저 역시 최근 몇 년간 여러 명의 남성과 연애를 하고 있습니다. 그런데 제 상황을 적절히 설명할 단어가 없어서 친구에게 오해받을 때가 많았습니다.

"그건 그냥 단순한 섹스 파트너잖아?"

"멀쩡한 남자친구가 있는데 다른 사람과 사귄다고? 제정신이니? 그건 바람피우는 거잖아?"

친구들이 경악할 때마다 저는 그런 게 아니라고 주저리주저리 설명해야 했습니다.

"섹스 파트너는 몸만 섞는 관계잖아. 하지만 나는 마음도 없이 육체적인 관계만 맺을 수는 없어. 좋아하지도 않으면서 어떻게 잠자리를 가질 수 있겠니. 섹스를 하느냐 안 하느냐는 그다지 문제가 되지 않아. 육체적인 관계를 맺지 않은 남자친구도 있거든.

성욕을 초월한 관계라고 해야 할까. 아니면 '그 사람과 같은 세상에 태어나서 행복해.' 하는 그런 느낌의 관계라고 해야 할까.

그 남자들 모두를 각각 똑같이 사랑하고 있어. 서로 이런 상황을 이해하고 있다면 문제될 건 없다고 생각해."

"그렇구나. 그런 것이라면 가능할 것 같아. 그런데 바람피우는 것과 다르다면 이걸 뭐라고 해야 하지? 역시 한마디로 표현할 수 있는 단어가 없네."

적절한 단어가 없다는 말은 사회적인 공감대가 형성되지 않았다는 말이고 그래서 이를 설명하는 데도 많은 시간이 걸릴 수밖에 없었습니다. 그래서 이 길고 긴 설명을 대신할 수 있는 적절한 표현을 만들기로 작정했습니다.

여러 명의 상대와 마음으로 맺어지고, 여러 명의 상대에게 연애 감정을 느끼며 교제하는 것. 달리 말하면, 내 몸과 마음을 상대에게 나눠주는 것. 마찬가지로 상대에게서 내가 필요로 하는 몸과 마음을 조금씩 나눠서 받는 것. ……그래, 나는 분명 몸과 마음을 '분산' 하고 있다.

이렇게 해서 '분산연애' 라는 표현을 만들었습니다. 이 단어라면 '사실 나 3명의 남자와 사귀고 있어.' 하고 눈치 볼 필요가 없습니다. 지금은 당당합니다.

"나 분산연애하고 있어. 한 사람은 연하의 대학생, 한 사람은 고등학교 동창, 한 사람은 회사원이야."

분산연애를 하기 위해서는 자신의 마음을 잘 알아야 합니다. 이 사랑을 여러 명의 이성에게 나눔으로써 분산연애는 시작됩니다.

외롭고 힘들 때 누가 내 곁을 지켜줄까?

우리 마음속에는 사랑의 조각들이 있습니다. 조각마다 그리운 얼굴이 하나씩 담겨 있습니다.

'요새 통 못 만났는데 잘 지내고 있을까?'

'다친 데는 괜찮아졌나?'

'밥은 잘 챙겨먹고 있나?'

사람에게는 말로 설명할 수 없는 신기한 능력이 있어서 누군가를 마음 깊이 생각하면 그 마음이 상대방에게 전해집니다. 감기몸살로 끙끙 앓고 있을 때 멀리 떨어져 계시는 엄마에게서 전화를 받은 적이 있습니다.

마음에 간직한 옛 기억도 이런데 하물며 상대를 걱정하거나 좋아하는 마음은 계속 우리 마음속에 꿈틀거려 어떻게든 연락이 닿게 마련입니다.

"잘 지내? 회사 일은 할 만해?"

주고받는 말은 비록 몇 마디 안 되고 일상적인 내용이지만 이 전화 한 통으로 일상의 피로가 싹 씻깁니다.

나를 걱정하는 사람이 있다는 사실만으로 힘들고 외로운 순간을 견딜 수 있는 힘이 샘물처럼 솟아납니다. 내가 그의 마음속에 있음을 느끼는 순간만큼 가슴 벅찰 때도 없습니다.

일대일의 연애를 하는 경우에는 단 한 사람에게 마음을 기대야 합니다.

시도 때도 없이 전화하고, 문자를 주고받지만 늘 그가 걱정스럽습니다. 마치 그 남자의 엄마 같은 기분이 되어 때로는 지나친 간섭으로 발전하기도 합니다. 한 사람에게 마음을 쏟으면 상대도 나만 바라보기를 기대하게 되고 나 역시 그의 배려가 짐스럽게 느껴질 때가 찾아오거나 야속하게 느껴질 때가 생깁니다.

일대일의 연애에는 휴식이 필요합니다. 그러나 대개는 여자 쪽에서 이를 용납하지 못합니다.

'나는 이렇게 그를 사랑하는데 그는 왜 내 전화를 안 받는 거지?'

더 많은 사랑을 갈구하는 나머지 여자는 초조해지고 불안해져 남자를 의심합니다. 남자는 여자의 이런 모습을 보며 숨도 쉴 수 없을 만큼 답답함을 느낍니다. 만일 여성이 자신의 마음을 조금이라도 다른 남성에게 돌릴 수 있다면 남자친구도 여유를 찾을 수 있으며 예전보다 자상하게 대해 줄지 모릅니다.

분산연애를 한다고 모든 남자와 육체적인 관계를 가질 필요는 없습니다. 그러므로 내 마음의 일부를 다른 남성에게 할애했다고 해서 비난하거나 자책해서는 안 됩니다. 당신과 남자친구 모두 독점욕이 강하다면 분산연애는 성립할 수 없습니다. 분산연애는 남자친구 몰래 바람피우는 것이 아닙니다. 단 한 순간만이라도 다른 남성에게서 설렘을 느낄 수 있다면 이미 마음을 분산한 셈입니다.

한 남자에게 마음을 전부 주는 대신 여러 명의 남성에게 마음을 나누면, 당신 역시 상대로부터 마음의 일부를 받을 수 있습니다. 쪼가리 천을 기워서 하나의 조각보를 만들듯이 각각의 마음 조각은 하나의 마음으로 완성되고, 당신의 마음은 충만해집니다.

동그란 마음이 피자 조각처럼 이가 쏙 빠져 있으면 사람은 불안정해집니다.

사춘기 시절을 떠올려 보면 이해가 빠릅니다. 소위 비행청소년이라고 불리는 아이들은 대부분 정서적 결핍감이 심해 예민하고 외로움을 잘 탑니다.

"부모님이 절 사랑하지 않으세요. 전 쓸모없는 존재예요."

이렇게 마음이 울고 있을 때 아이는 비뚤어지기 시작합니다.

"너는 엄마 아빠가 간절히 기도해서 낳은 아이란다. 사랑해."

부모가 애정 어린 눈으로 아이를 바라볼 때 아이는 가슴이 꽉 차오르는 것을 느끼며 건강하고 밝게 자랍니다.

육체는 해를 거듭할수록 늙어가지만 마음은 이와 달라 항상 애정을 갈구합니다. 그래서 성인이 된 후에도 마음으로 교류하기를 바랍니다. 마음이 사랑으로 가득 차면 마음이 차분해져 일도 여가도 모두 즐길 수 있습니다. 반대로 애정의 바구니가 조금이라도 비게 되면 갑자기 허공에 붕 뜬 것처럼 무기력에 빠지고 맙니다. 한 번뿐인 인생을 활기차게 살기 위해서는 자기 존재에 대한 확신이 필요합니다. '나는 사랑을 받고 있으며, 누군가에게 필요한 사람이다.'

여러 명의 남성으로부터 조각 사랑을 받는 여성은 매사에 긍정적입니다. 회사에서나 집에서나 친구를 만날 때나 여가를 즐길 때도 항상 에너지가 넘칩니다. 여러 명의 남성으로부터 나의 존재감을 확인받고, 나 역시 그들에게 의지하는 분산연애로 우울하고 외로운 나날을 떨치고 늘 웃으며 지낼 수 있습니다.

당당한 여성이 분산연애를 한다

남자가 여자에게 경제적으로 의지하고 있는 경우 그 남자는 '기둥서방' 이라는 저속한 표현으로 불립니다. 반대로 여자의 경우는 '전업주부' 나 '애인' 이 됩니다.

"여자가 무슨 걱정이야. 결혼하고 집에 눌러 앉으면 그만이잖아."

이렇게 비꼬는 남자도 있지만 분명 여성 중에는 경제적 능력을 결혼의 첫째 조건으로 꼽는 사람도 많습니다. 저 역시 결혼 상대를 고르면서 남자의 수입을 따졌습니다. 그런데 결과는 어땠을까요? 11년 뒤 결혼생활의 종지부를 찍으면서 저는 생활력까지 잃었습니다. 그때의 위기감 덕택에 독신 때처럼 열심히 일해서 경제적으로 안정을 찾았습니다. 그러자 비로소 남성과 대등한 입장에서 연애할 수 있는 위치에 서게 되었습니다.

우리 주위에는 경제력을 가진 미혼 여성이 많습니다. 결혼은 하고 싶은데 자신의 이상형을 못 만났거나 결혼을 구속으로 여겨 독신으로 살아가는 여성들입니다.

그러나 제 주위에 있는 싱글맘(single mom)이나 독신 여성들은 전혀 불행해 보이지 않습니다.

"이 남자다, 하는 사람을 못 만났어요. 괜찮은 사람 있으면 소개시켜줘요."

말은 이렇게 하지만 결혼에 목말라 하는 기색은 없습니다. 외모에 자신이 없거나 성격에 문제가 있다면 그럴 법하다고 생각하겠지만 한눈에도 호감을 주는 쾌활한 미인들입니다.

그들은 특정한 남자친구를 일부러 만들지 않고, 여러 명의 연인과 데이트를 즐기고 있습니다.

자립해서 살려면 한 남자에게 의존해서는 안 됩니다. 의존하고 싶다면 여러 명에게 분산시켜서 의존하는 것이 좋습니다. 결혼한 여성이라도 정신적으로 자립한 사람은 분산연애를 할 수 있습니다. 기혼 여성이 다른 남성을 좋아해서는 안 된다는 법은 없습니다. 물론 다른 남자와 육체적인 관계를 갖는 것은 이혼의 원인이 됩니다. 그러나 육체적인 관계를 맺지 않는 연애라면 부부 생활을 지속하는 데 문제가 안 됩니다.

당신의 남편이 100퍼센트 완벽한 남자가 아닌 이상 어떻게든 불만은 쌓입니다. 특히 결혼 생활이 길어질수록 남편과의 관계는 무미건조한 일상으로 변해갑니다. 발가벗고 돌아다니거나 태연하게 방귀를 뀌는 모습을 보노라면 더 이상 마음이 설레지 않습니다. 여성으로서의 아름다움과 젊음을 유지하는 데 필요한 것은 고가의 화장품이 아닌, 두근거리는 마음입니다. TV에 출연하는 연예인이나 매력적인 남성 가수, 스포츠 스타의 팬이 되는 것도 하나의 자구책이 될 수 있습니다. 그러나 함께 호흡하는 이 공간에서 당신을 이해해 주는 남성이 한 명 더 있는 것만으로 일상의 불만을 해소할 수 있습니다.

오랜만에 동창회에 참석하여 그 옛날 친하게 지냈던 남자친구와 재회했습니다. 그때 마음이 두근거리지 않았나요? 비록 짧은 순간의 만남이지만 당신은 그 사람과 마음의 일부를 주고받았습니다. 이 역시 분산연애입니다.

서로를 구속하지 마세요

평범한 연애에서는 상대를 속박하려 듭니다. 연인이 지금 무엇을 하고 있는지 문득 궁금해집니다.

"지금 어디야? 뭐 해?"

사랑이라는 이유로 우리는 상대의 모든 것을 알고 싶어 합니다. 사랑이 식지 않았다면 매일 걸려오는 전화나 빈번하게 오는 문자가 반갑습니다. 그러나 애타는 사랑의 시절이 지나면 문득 속박당하는 느낌을 받게 되고 관계는 불편해집니다. 사랑의 곡선을 이해하고 상대를 배려한다면 이런 슬럼프쯤은 가볍게 극복하겠지만 지나친 사생활 간섭이라고 느껴 싫증을 내는 사람도 많습니다. 행복에 들뜨던 나날은 지나고 이제는 눈에 보이지 않는 줄에 친친 얽매인 자신을 발견합니다. 일거수일투족을 감시당하는 것 같아 마음이 답답합니다. 하루하루 짜증이 늡니다.

분산연애를 하려면 속박으로부터 자유로워져야 합니다. 분산연애의 달인들은, 애인의 24시간을 감시하지 않습니다. 대신 자기 일에 집중하면서 일정한 생활 리듬을 유지합니다. 마음의 일부가 연결되어 있으므로 매일 연락하지 않아도 연애 전선에 문제는 없습니다. 외로울 때나 스트레스가 쌓였을 때만 만나는 왕자님을 몇 명 사귀는 것이 분산연애입니다. 마음의 일부를 교류하므로 마음 전체는 항상 안정되고, 평소 일이나 취미에 몰두할 수 있습니다.

일대일의 교제에서는 상대의 취향에 맞추려고 노력해야 합니다. 그러나 분산연애에서는 있는 그대로의 자신이면 족합니다. 사랑받기 위해 억지로 꾸밀 필요가 없습니다. 나의 장점만을 바라보는 상대와 교제하는 것이므로 가면이 필요 없습니다.

처음부터 그의 전부를 원한 것이 아닙니다. 그러므로 속박하고 싶은 마음도 일지 않습니다.

함께 데이트하는 몇 시간만이면 충분합니다. 이 시간만 남자를 독점하면 대만족입니다.

여가 시간에는 책을 읽거나, 쇼핑을 하거나, 여자친구와 놀면 그만입니다. 그때그때 상황에 따라 하고 싶은 일을 하면서 나날을 보낼 수 있습니다.

"그 사람 오늘도 늦게까지 야근하고 있을까?"

문득 떠올려보는 것으로 충분합니다.

여러분은 분산연애를 꿈꾸는데 상대가 속박하려 들면 단호히 선을 그어야 합니다.

"나는 자유롭게 살고 싶어. 아무에게도 간섭받고 싶지 않고, 아무에게도 속박되기 싫어. 내 시간을 소중히 여겨줘. 이런 나를 배려한다면 전화나 문자는 적당히 해줬으면 좋겠어."

물론 상대 남성은 납득할 수 없을지 모릅니다.

"우리 서로 사랑하는 거 아니야? 사랑하는 사람이 지금 무엇을 하는지 궁금한 건 당연하잖아."

분산연애를 한다고 굳이 밝힐 필요는 없겠지만 이처럼 독점욕이 강한 남자를 만날 때는 충분히 설명해야 합니다.

"미안해. 나는 당신 말고도 좋아하는 사람이 많아. 당신 한 사람한테만 애정을 기울일 수 없어. 이런 상황을 받아들일 수 있다면 그때 교제해."

인기 있는 남성은 여자를 졸졸 따라다니지 않습니다. 주어진 시간을 소중히 여겨 자기 일이나 취미에 몰두하는 남자이기 때문에 여성이 끌립니다. 마찬가지로 여성으로서 분산연애를 살하려면 남자를 좇아다니는 여자가 아니라 남자들의 시선을 끄는 여성이 되어야 합니다. 무엇보다 자신감이 넘쳐야 합니다. 남자의 행동 하나에 큰 의미를 부여하지 않으므로 연인이 지금 어디에서 무엇을 하는지 일일이 신경 쓰지 않습니다. 누군가를 속박하려 들지 않고 또 어느 누구로부터도 속박당하지 않는 연애, 자유로운 시간을 누리면서 일상을 보람되게 채우는 삶이 분산연애입니다.

연인의 사생활에 관심을 기울이지 마세요

분산연애를 꾸려가는 두 번째 법칙은 사생활에 간섭하지 않는 것입니다. 물론 교제하는 사이이므로 때로는 집까지 배웅할 때도 있습니다. 그러나 집으로 들어가는 것은 피해야 합니다.

분산연애는 상대방의 장점이 좋아서 시작한 교제입니다. 연인의 일상이 고스란히 노출되는 집에 발을 딛게 되면 실망할 수 있습니다.

아무리 잠깐이라지만 그의 일상적인 모습에 질색할지도 모릅니다. 스타일 좋고 패션 감각이 남다른 사람인 줄 알았는데 방바닥에는 과자부스러기로 더럽혀진 이불이 뒹굴고, 그가 그 불결한 이불에 털썩 주저앉아 엉덩이를 벅벅 긁어대고 있다면 괜히 왔다 싶겠지요.

어느 여성의 경험담입니다.

"분산연애로 만나는 남자가 있었어요. 평소 데이트할 때는 맵시 좋게 양복을 입고 나오던 사람이었어요. 하루는 그의 집에 갔어요. 그런데 이 남자 무슨 생각인지 집에 들어가자마자 트레이닝복으로 갈아입더니 소파에 벌러덩 눕더라고요. 기겁을 해서 바로 뛰쳐나왔어요. 집에만 가지 않았어도 지금까지 교제를 이어갔겠지요. 연애와 생활은 구분해야 해요."

모텔 값을 절약할 생각으로 집에 초대하는 남자도 있습니다.

한 여성이 10살 연하의 남자친구와 교제 중이었습니다. 모텔 값은 반반 부담이었는데 하루는 넉살 좋게 이렇게 말하더랍니다.

"미안한데 돈이 다 떨어졌어. 집으로 가면 어떨까? 돈도 안 들고 좋잖아. 방음이 안 되는 게 흠이지만."

그런데 마지막 말에 분위기가 확 깼다고 합니다.

"참내, 여고생도 아니고. 어떻게 입을 꼭 틀어막고 섹스를 해?"

어떤 남자들은 여자친구를 집에 데리고 오면 마치 자기 여자가 된 것처럼 착각하는 습성이 있습니다. 한 여성이 남자의 집에 따라갔습니다. 그가 꺼내온 것은 어린 시절의 모습이 담긴 앨범. 게다가 액자에 담긴 상장까지 구경해야 했습니다. 별것도 아닌 것을 자랑하는 남자만큼 꼴불견인 사람도 없습니다.

남성 중에는 강박적으로 청결한 상태를 추구하는 사람도 있습니다. 이부자리를 머리카락 하나 없이 완벽하게 정리하고, 잠옷을 직사각형으로 접고, 장롱 뒤편까지 청소기로 쓸고 닦습니다.

"숨이 막혔어요. 도저히 사귈 엄두가 나지 않더라고요."

어느 여자가 기겁하지 않을 수 있을까요?

사생활을 엿본 뒤에는 심리적 변화가 뒤따릅니다. 집 구경만 안 했어도 좋은 관계를 지속할 수 있었을 텐데 말입니다.

분산연애를 유지하고 싶다면 반드시 밖에서 만나세요. 그의 일상까지 알 필요는 없습니다. 그의 빛나는 장점이 일상의 단점으로 가려지지 않기 때문에 지속적인 관계가 가능합니다.

상대 남성을 자신의 집으로 초대하는 일도 마찬가지입니다. 그 역시 사람이라 여성과 똑같은 심리적 변화를 경험할 가능성이 있습니다. 한편 남성의 경우는 실망보다는 독점욕을 부추기는 결과를 낳을 수 있습니다. 집에 초대받은 것을 '나를 특별하게 생각하는구나' 하는 신호로 받아들여 당신을 속박하려고 들지 모릅니다.

"이 사람은 어떤 집에 살고 있을까. 집은 어떻게 꾸며 놓고 살까?"

연인의 일상을 상상하는 일은 즐겁습니다. 만일 누군가에게 여분의 열쇠를 받거나 건네주는 깊은 관계가 되었다면 그 시점에서 자유로운 분산연애는 끝이 납니다. 그렇다고 문제가 되는 것은 아닙니다. 여분의 열쇠를 주고 싶은 사람이 생겼다면 분산연애는 깨끗이 접고 일반적인 일대일의 연애를 시작하세요.

데이트 비용은 공평하게 부담하세요

연애에 따른 데이트 비용은 어떻게 할까요? 레스토랑도 가고 찻집도 갑니다. 노래방에서 노래도 부르고, 근사한 바에서 술잔도 기울입니다. 마음이 맞으면 모텔에서 하룻밤을 보냅니다.

"야경이 멋진 레스토랑에서 근사한 저녁을 먹고, 기분이 동하면 깔끔한 호텔의 스위트룸에 가기도 해요. 돈이요? 당연히 남자 몫 아닌가요?"

비용은 나 몰라라 하는 여성이라면 분산연애의 자격이 없습니다.

돈과 분산연애가 무슨 상관이냐 고개를 갸웃할지 모릅니다. 그러나 분산연애는 남자에게 의존하지 않는, 자립한 여자의 연애법입니다. 당연히 경제적으로도 기대서는 안 됩니다.

남자에게 모든 비용을 지불하게 하면 필경 남자는 지배욕을 갖게 됩니다.

'이 여자에게 맛있는 음식도 사주고, 이렇게 좋은 호텔도 내 돈 내고 들어왔으니까 이 여자는 내 것이다.'

경제적으로 자립한 여성은 남에게 얻어먹기만 하는 것을 싫어합니다. 남에게 얻어먹게 되면 눈에 보이지 않는 힘의 관계가 생깁니다. 대등한 연애 관계를 지속하기 위해서도 상대에게 모든 비용을 지불케 해서는 안 됩니다.

남자친구가 부자라면 돈을 쓰게 해도 괜찮습니다. 그러나 가끔은 커피 값이라도 내야 합니다. 또 상대에게 데이트 장소를 모두 예약하게 하면 주도권을 빼앗깁니다. 때로는 여성 자신의 취향에 맞는 레스토랑이나 영화 프로그램을 예약해야 데이트도 평등하게 즐길 수 있습니다. 수입의 격차가 없는 상대라면 더치페이가 바람직합니다. 물론 일일이 각출하는 것은 거북스러우므로 번갈아 지불하면 좋습니다.

평소 동네 분식집에서 끼니를 때울 것 같은 대학생과의 데이트라면 자신 쪽이 먼저 식사에 초대합시다. 고급스러운 분위기가 물씬 풍기는 식당에 가는 것만으로도 크게 감격할 것입니다.

"아니, 여기는 내가 살게. 대신 다음을 부탁해."

이렇게 당당하게 말하면 끝. 이때 다음이란 모텔 비용을 암시하겠지요.

모텔에 갈 돈조차 없는 가난한 상대라도 일부는 지불하도록 해야 합니다. 여자가 돈을 전부 지불하면 그를 제비족으로 만들 가능성이 큽니다. 제비족 스타일의 남성은 돈을 주기만 하면 부지런히 일합니다. 꼼꼼하게 챙겨주는 것은 물론, 성(性)관계에도 최선을 다합니다. 하지만 돈 주고 하는 섹스, 일처럼 생각하는 섹스가 마냥 즐거울까요? 일일이 사주다 보면 '돈이 다 떨어졌을 때는 이 사람에게 부탁하면 된다.' 하는 마음을 불러일으켜 끝내 이용당하게 됩니다.

연하남을 사귈 때도 평등한 관계를 유지해야 합니다. 그러려면 마음을 독하게 먹고 주머니 사정 내에서 지불하도록 합시다.

분산연애에서는 한 명에게 경제적인 부담을 지우지 않고, 사정이 허락하는 한에서 각출하는 것이 중요합니다. 따라서 분에 넘치는 고가의 선물이나 데이트 코스는 피해야 합니다. 정신적으로 경제적으로 편히 쉴 수 있는 장소를 골라서 마음을 교류하는 것이 핵심입니다.

허세 부리기를 좋아하는 남성이 많습니다. 이런 남성은 분산연애 상대로 적합지 않습니다. 허영기 없고, 검소한 데이트에도 만족하는 상대라면 오래 사귈 수 있습니다. 데이트 비용은 둘이 함께 부담합시다. 이렇게 경제적으로 평등한 가운데 마음의 벽도 허물 수 있으며, 따라서 식사도 섹스도 즐겁습니다.

여러 명의 남자와 사귀는 만큼 데이트 비용이 만만치 않습니다. 하지만 이 비용은 활기찬 내일을 위한 투자입니다. 데이트 상대들로부터 삶의 에너지를 얻기 위한 경비라고 생각하시고, 돈도 열심히 법시다.

데이트할 때는 한 남자에게 집중하세요

분산연애를 할 때 주의할 점이 있습니다.

여성을 소유하고 싶어 하는 독신 남성들이 있습니다. 그런 남성과 데이트를 하게 되면 첫 만남에서부터 자신의 연애관을 밝혀야 합니다. 그 사람 말고도 데이트하는 상대가 있다는 사실을 이야기합니다. 특정한 사람과 열애 중이라는 뉘앙스는 곤란하고, 몇 명 더 사귀는 사람이 있음을 솔직하게 고백합니다. 질투심에 불타는 남자와는 교제를 중단하고, 여러분의 연애관을 받아들이는 남성을 가려서 사귀어야 합니다.

한 가지 간직해야 할 비밀이 있습니다. 잠자리에 관해서는 함구해야 합니다.

분산연애의 상대 중에는 섹스를 하는 사람과 하지 않는 사람이 혼재합니다. 일에 관한 상담은 할 수 있지만 안기고 싶지 않은 사람이나, 성 기능이 감퇴한 나이 든 분도 있을지 모릅니다. 그러나 모두가 소중한 남성으로 부분적으로 사랑하고 있다면 상대를 불문하고 누구나 분산연애의 상대가 됩니다.

다른 남자들과 잠자리를 갖는다고 고백하면 남성은 결코 좋게 생각지 않습니다. 다른 남자와 성(性)적으로 비교될 것이라고 생각하여 괴로워하는 사람도 있습니다. 또 강박적인 순결주의자는 당신을 '더러운 여자' 라고 생각할지도 모릅니다.

"당신 말고도 미술관에 함께 가는 사람이 있어."

"영화를 함께 보러 가는 남자가 있어."

성관계 대신 구체적인 데이트 장소를 들면서 설명하는 게 바람직합니다.

예전에 사귄 지 얼마 안 된 남성에게 이렇게 이야기한 적이 있습니다. 그랬더니 반응이 이랬습니다.

"왜 나 말고 다른 남자하고 가는 거야. 영화든 미술관이든 전부 나랑 가면 되잖아. 굳이 다른 남자하고 가야 해?"

예상대로 교제는 2개월 만에 막을 내렸습니다. 그의 독점욕에 질렸습니다. 한 남자와 모든 시간을 누리고 싶은 마음은 없습니다. 영화를 함께 보면 즐거운 사람이 있고, 미술관에 함께 가면 즐거운 사람이 있습니다. 각각의 분야에 박식한 남자와 함께 있을 때 비로소 그 시간도 즐거워집니다.

분산연애를 하고 있다는 사실은 가급적 첫 데이트 때에 밝혀야 합니다. 그리고 한 번 밝힌 뒤에는 두 번 다시 다른 남자에 대한 이야기는 꺼내지 말아야 합니다. 한창 즐겁게 데이트를 하고 있는데 다른 남자 이야기를 툭 끄집어내면 분위기를 망칩니다. 조각 사랑이라고 하더라도 그 순간만큼은 애정을 온전히 주고받는 관계이므로 질투를 유발할 수 있습니다.

애정을 확인하기 위해서 질투심을 유발하려는 사람도 있습니다. 일대일의 평범한 연애에서는 효과적인 수단입니다. 그러나 분산연애에서는 금지사항입니다. 질투는 소유욕을 불러일으켜 넘지 말아야 할 선까지 상대가 침범해 오기 때문입니다.

데이트를 하는 순간에는 둘만의 세계가 방해받지 않도록 쓸데없는 말을 늘어놓지 않아야 합니다. 현재 만나고 있는 그 사람에게만 집중해서 얘기의 화제도 상대의 장점에 두는 것이 현명합니다.

"정말 자상하시네요. 나에게 이렇게까지 친절히 대해 주는 사람은 당신밖에 없어요."

이 말의 뒤에는 비교되는 다른 남자들이 있습니다. 상대도 이를 재빠르게 눈치 챕니다. 굳이 다른 남자를 떠오르게 하는 말을 꺼내야 할까요?

같은 맥락에서 휴대폰의 전원 역시 꺼둡시다. 모처럼 분위기가 무르익고 있는데 다른 남자에게 연락이 오면 찬물을 끼얹은 듯 분위기는 가라앉습니다. 부재중 통화나 문자 메시지를 확인할 때는 화장실에서 합시다.

분산연애는 여러 명과 연애하는 것이기 때문에 자주 만날 수 없습니다. 잘해야 한 달에 한 번 정도가 아닐까 싶습니다. 때로는 몇 달에 한 번밖에 못 만날 때도 있습니다. 만날 때에는 마치 이 사람하고만 연애를 하는 것처럼 눈앞에 있는 남자친구에게 신경을 쏟읍시다. 오랫동안 둘만의 연인 관계를 유지했던 것처럼 상대의 매력적인 점에 집중하면 밀도 깊은 시간을 보낼 수 있습니다.

여자의 돈을 보고 접근하는 남자

제비족 체질의 남자는 분산연애의 상대로 가장 부적합합니다. 이 남자들은 받는 데 익숙하고 주는 데 인색합니다. 여자에게 기대기는 잘하면서 자기는 손 하나 까딱하려고 하지 않습니다. 제비족 체질의 남자에게는 아무것도 기대할 게 없습니다. 이 여자 저 여자를 전전하는 바람둥이가 있는가 하면, 자신이 얼마나 얌체 같이 구는지 모르는 남자도 있습니다.

제비족 체질의 남자와 교제하면 경제적 부담이 큽니다. 돈은 돈대로 치르면서 뒤치다꺼리까지 해야 합니다. 그들은 연애를 마치 돈벌이처럼 생각합니다. 제비족을 통해 몸과 마음을 모두 만족할 수 있는 여성도 있습니다. 그러나 돈으로 맺어진 관계는 오래가지 못합니다. 그들은 당신이 아니라 당신의 지갑을 사랑하고 있습니다. 돈이 떨어지면 갑자기 애정이 식어 다른 사냥감을 찾습니다. 돈으로 연애하는 것도 하나의 연애 방식입니다. 그러나 제비족을 위해 전 재산을 탈탈 털고 나면 스스로 한심하게 여겨집니다. 쓸쓸한 여자가 되지 않으려면 돈만 보고 달려드는 남자는 애초부터 다가오지 못하도록 마음을 굳게 다져야 합니다.

필자의 친구인 N은 제비족 타입의 남자친구 K와 사귀고 있었습니다. K는 아이돌을 꿈꾸는 연예인 지망생입니다. N은 자신에게 접근하는 K에게 끌려 다음날 동거를 시작했습니다. K는 아르바이트를 해도 번번이 해고당했습니다. 매일같이 성인오락실만 드나들었습니다. K는 아침마다 N에게 용돈을 달라고 조릅니다. N이 녹초가 된 몸을 이끌고 귀가하면, 그는 N이 좋아하는 음식을 차려놓고 맞이했습니다. N은 매일 밤 그가 손수 해주는 마사지와 섹스 서비스에 황홀해했습니다. 다음날 아침이면 N은 K에게 몇 십만 엔씩 쥐어줬습니다. 거금 3백만 엔(약 4천만 원)이 들어있던 적금은 눈 깜짝할 사이에 바닥났습니다. N이 한숨을 쉬며 말했습니다.

"미안해. 적금을 다 써버려서 오늘은 용돈을 줄 수가 없어."

그날 K는 종적을 감췄습니다.

N은 그와의 생활을 사랑이라고 믿었습니다. 지금쯤 K는 또 다른 사냥감을 구해 흡혈귀같이 돈을 빨아먹고 있을지 모릅니다.

분산연애 실천자인 M은 K와 같은 제비족 체질의 남자를 한눈에 알아차립니다. 한 남자와 연애할 때입니다. 상대 남자는 입담과 노래 실력이 뛰어났습니다. 하는 일이 잘 안 풀릴 때마다 그를 떠올릴 만큼 그는 그녀의 삶 속으로 깊숙히 들어왔습니다. 하루는 그 남자가 무슨 일이 있어도 그녀의 집에 가고 싶다고 졸랐습니다. 한 번 드나들 때마다 남자의 짐이 하나둘 늘었습니다. 자연스럽게 동거가 시작되었습니다. 매일 M이 귀가하는 시간에 맞춰 그는 저녁식사와 목욕물을 준비하고 기다렸습니다.

M은 점점 짜증이 났습니다. 남자와의 동거로 M은 자유 시간을 빼앗겼습니다. 밤마다 하던 독서는 물론 웹서핑을 할 시간도 없었습니다.

'그 사람과 하지 않아도 섹스를 잘하는 남자친구는 많아. 무엇보다 널찍한 침대에서 혼자 편히 자고 싶다고……'

불만은 갈수록 심해졌습니다. 남자가 돈을 달라고 손을 벌리지는 않지만 입이 하나 늘면서 난방비, 전기세, 식비 등 지출이 커졌습니다. 기어이 M은 폭발하고 말았습니다.

"이제 좀 나가줄래? 여기는 내 집이야. 너 때문에 짜증 나 미치겠어. 집안일은 나 혼자 하면 되고, 섹스 파트너도 너 말고도 많아. 그러니까 빨리 나가!"

의존적인 성향의 여성은 제비족 체질의 남자에게 기대는 경향이 큽니다. 현명한 여성이라면 자신의 몸과 마음을 조절해서 분산연애를 할 수 있어야 합니다. 남자가 돈 냄새를 맡고 달려들지 못하도록 마음과 지갑의 열쇠를 꽉 쥐어야 합니다.

제비족 생활 5년째인 어느 남성이 말했습니다.

"봉인지 아닌지는 척 보면 알아요. 외로움을 잘 타거든요. 그래서 유혹을 하면 바로 넘어옵니다. 그러면 그때부턴 누워서 떡 먹기죠. 돈이 떨어질 때까지 빨아먹으면 되는 거예요."

이런 남자가 그윽한 눈초리로 '사랑해.' 하고 속삭입니다. 겉과 속이 다른 남자는 의외로 많습니다.

여성을 성적으로 만족시킨 뒤 이용해 먹으려는 남자

만나서는 안 되는 남자가 또 있습니다. 섹스를 무기로 여성을 유혹한 뒤 돈을 뜯어내는 남자입니다. 제비족 체질의 남자와 비슷한 면이 있지만 차이가 큽니다.

제비족 체질의 남자는 커피를 타주거나 어깨를 주무르거나 자동차로 마중 나오는 등 여성의 손발이 됩니다. 반면 이 유형의 남자들은 섹스만으로 여성을 사로잡을 수 있다고 믿습니다.

예전에 유행했던 말 가운데 '스케코마시'라는 단어가 있습니다. 제가 잡지사에 일할 때 몇 차례 '스케코마시'라고 불리는 남자들을 취재한 적이 있습니다. 그들은 공통적으로 외모가 평범하거나 수준 이하였습니다. 길거리에서 마주쳐도 눈길이 가지 않는 스타일입니다. 그들은 잠자리를 갖기 전까지만 여성에게 자상합니다. 그러나 한 차례 관계를 맺은 뒤에는 마치 딴사람이 된 듯 돌변합니다.

"나에게 안기고 싶으면 전화해. 시간 있으면 만나줄게."

'스케코마시'는 여성을 황홀케 하는 섹스 테크닉의 소유자입니다. 그 쾌감에 맛들인 여성은 평범한 섹스로는 만족하지 못합니다. 그래서 그의 요구대로 명품 옷을 선물하고, 자발적으로 유흥업소에서 일하면서 교제를 지속하려고 애씁니다. '스케코마시'는 섹스 테크닉뿐만 아니라 특유의 포용력을 가지고 있습니다. 남자에게 안겨 있으면 장래는 문제 삼지 않게 됩니다. 그 순간 자체에서 행복을 얻습니다. 수차례에 걸쳐 오르가슴에 도달하면서 뇌에서는 호르몬을 분비하여 쾌락 중추를 자극하게 되고 여성은 기어이 그 호르몬에 중독되고 맙니다. 더 이상 이 남자 없이는 살아갈 수 없습니다.

'스케코마시' 의 속마음은 어떨까요?

"섹스를 할 때마다 내 수명이 단축된단 말이야. 그러니까 당연히 여자가 헌신해야지. 내 몸을 못 견디게 그리워하도록 만드는 것은 간단해. 여자는 그런 동물이니까."

이 부류의 남자에게 걸리면 연애는커녕 몸만 망칩니다. 남성은 정액을 배출하는 순간에만 성적 쾌감을 느낍니다. 그러나 여성의 쾌감은 반복적이고 장시간 지속되므로 더 큰 쾌감을 얻습니다. '스케코마시' 는 남녀의 성적인 차이를 간파하고 이를 적극 활용하므로 여성으로서는 이 관계가 정상적이지 않다는 사실을 알면서도 그에게서 벗어나지 못합니다. 분산연애를 하다 보면 많은 남자를 만나게 되는데 이처럼 잘못된 만남에 빠지지 않도록 주의합시다.

제비족 체질의 남성과 '스케코마시' 부류의 남성은 모두 여자의 돈을 보고 접근합니다. 따라서 이들과 관계를 지속하려면 막대한 지출이 필요합니다. 갑부가 아닌 이상 생활의 터전이 파괴되는 것은 시간문제입니다. 일방적인 비용 부담은 분산연애의 규칙에 어긋납니다.

지금 이런 부류의 남자를 만나고 있다면 자신이 지금 파멸의 길로 접어들었음을 냉정히 판단해야 합니다. 분별력을 갖고 용기 있게 관계를 청산해야 합니다.

마음의 교류가 없는 연애는 허무한 종말로 이어집니다. 육체적인 관계는 순간의 쾌락에서 그칠 뿐, 정서적인 충족감을 주지 못합니다.

요즘 '원 나이트 스탠드' 라는 말이 널리 퍼졌습니다. 하룻밤의 육체적인 관계 역시 마음에 상처를 남깁니다.

정신적인 충격이나 마음의 상처 때문에 아무 남자와 함부로 잠자리를 갖는 여성도 있습니다. 하지만 하룻밤의 섹스는 치유책이 될 수 없습니다. 정서적인 안정을 찾기 위해서라도 섹스에 중독되지 않도록 상대를 가리고, 충동적인 관계를 갖지 말아야 합니다. 상처가 많을수록 자신의 몸을 소중히 여기는 남성과 교제해야 합니다.

손만 잡거나 포옹으로도 마음을 주고받을 수 있습니다. 몸보다 마음의 관계를 소중히 만들어가는 것이야말로 분산연애입니다. 섹스에 의존하지 마십시오.

활력이 없고 어두운 남자

백수로 지내는 남자가 많습니다. 반면 투잡이다 뭐다 하며 휴일도 반납하고 자기 일에 매진하는 남자도 많습니다. 둘 중 어떤 남자와 있을 때 힘이 날 것 같은가요? 누가 분산연애 상대로 적당할까요?

M이라는 여성이 있었습니다. 그녀는 어느 가수의 온라인 팬클럽 모임에서 D를 알게 되었습니다. 이메일을 주고받으며 친분을 쌓은 두 사람은 콘서트장에도 함께 가고, 공연이 끝난 후에는 식사도 함께했습니다. 그런데 D는 가수에 대해 이야기를 나눌 때는 한껏 열을 올리지만 웬일인지 일 얘기만 꺼내면 침울해졌습니다.

"상사는 나를 해고하려고 마음먹은 게 분명해. 잘리면 어떡하지? 갈 데도 없고 모아놓은 돈도 없는데."

그날 M은 귀갓길이 영 개운치 않았습니다. 콘서트장에서 스트레스를 싹 해소했다고 생각했는데 D의 모습이 자꾸 떠오르면서 어깨가 축 처졌습니다.

R이라는 여성은 테니스 동호회에서 U와 만나 깊은 사이로 발전했습니다. 그와 섹스하고 돌아오는 길에는 왠지 모르게 힘이 축 처지는 것 같다고 합니다. 궁합이 안 맞는 것은 아니었습니다. 수차례 절정에 올랐으므로 섹스 자체는 문제가 없다고 여겼

습니다. 그런데 왠지 모르게 피로가 쌓이고 이유 없이 우울해졌습니다. R은 문자를 보냈습니다.

"우리 이제부터 그냥 친구로 지내자."

U에게서 답신이 왔습니다.

"내가 뭘 잘못한 거야? 왜 그러는지 이유를 가르쳐 줘야 고칠 것 아니야? 뭐가 서운했는지 난 잘 모르겠어. 잘 지내고 있었다고 생각했는데. 정확히 이유를 설명해줘. 그래야 나도 납득할 수 있을 것 같아."

R은 그의 글을 읽는 것만으로 마음이 우울해서 답신을 보내지 않았습니다. 어쩌면 R은 U와 섹스를 하면서 에너지를 잃었는지도 모릅니다.

그를 만날 때마다 왠지 모르게 힘이 빠지는 여성이 있습니다. 반대로 그녀를 만날 때마다 힘이 넘치는 남성이 있습니다. 에너지가 이렇게 일방향으로 흐를 때는 교제를 끝내는 것이 좋습니다.

만나기만 해도 행운을 불러오는 여자가 있습니다. 마찬가지로 행운을 부르는 남성도 있습니다. 그와 데이트를 한 지 일주일 만에 그간 속을 썩이던 일이 술술 풀리거나 어깨 결림 따위의 만성질병이 나았다는 여성도 있습니다. 반대로 불행을 몰고 다니는 남자도 있습니다. 한마디로 '너 만나고 되는 일이 없는' 타입의 남성입니다.

분산연애를 하다 보면 많은 남성과 만나게 되는데 이때 불행을 몰고 다니는 남자가 끼어 있다면 연애 관계를 유지하는 남성 전체에 불길한 기운이 전염될지도 모릅니다.

무엇보다 '웃는 얼굴'이 중요합니다. 당신과 함께하는 동안 항상 웃음을 잃지 않는 남자라면 지속적으로 마음을 교류할 수 있습니다.

건강도 중요합니다. 약을 달고 사는 만성질환자나 늘 어디가 아프다고 투덜거리는 사람, 피부에 윤기가 없는 사람에게 활력을 기대할 수 없습니다.

식습관도 관찰해 봅시다. 지나치게 소식하는 남자, 편식이 심한 남자, 인스턴트 식품이나 스낵 따위를 즐기는 남자, 소프트 드링크를 입에 달고 다니는 사람은 기력이 약하기 십상입니다.

또 섹스에 대한 관심도 중요합니다. 남자는 나이가 들수록 성기능이 저하됩니다. 그러나 성욕이 왕성한 사람은 실제 나이보다 젊어 보입니다. 성욕이 왕성하다는 말은, 에너지가 넘친다는 뜻입니다. 그러므로 신체를 젊게 유지할 수 있습니다. 에너지가 충만한 사람과 분산연애를 하면 당신의 세포도 깨어나서 여자로서의 아름다움을 유지할 수 있습니다.

성욕이 약하거나 오랫동안 잠자리를 갖지 않은 여성은 노화가 급속도로 진행된다는 사실을 잊지 맙시다.

섹스를 목적으로 접근하는 남자

여자만 보면 군침을 흘리며 접근하는 남자가 있습니다.

"남자친구 있어요?"

저는 남자들로부터 이런 추파를 받을 때마다 이렇게 대답합니다.

"그럼요, 많지요."

그러면 이런 황당한 대답이 돌아올 때가 있습니다.

"그래요? 그럼 오늘 저녁 나와 같이 뜨거운 밤을 보낼까요?"

남자친구가 많다고 하면 쉽게 허락하는 여자로 보이는 모양입니다. 섹스만을 목적으로 접근하는 남자에게 몸을 허락하는 싸구려 여성이 되어서는 안 됩니다. 그가 줄 수 있는 것이 무엇일까요? 고작 그가 그렇게 배출하기를 바라는 정액뿐입니다. 마음을 주고받지 못한다면 이는 분산연애라고 말할 수 없습니다.

친구가 이렇게 치근대는 남자를 한마디 말로 물리치는 묘안을 가르쳐주었습니다.

"좋아요. 하지만 돈을 내셔야 돼요."

"네?"

대부분 이렇게 말하면 꼬리를 감추지만 개중에는 말귀를 못 알아듣는 남자도 있습니다.

"얼만데요?"

그러면 이렇게 받아칩니다.

"한두 푼으로 되겠어요?"

공중 화장실에서 오줌을 싸듯 아무런 대가 없이 즐기려고 했던 남자들은 이쯤에서 포기합니다. 술자리 같은 곳에서 남자가 접근해 올 때 웃으며 거부할 수 있는 좋은 방법이 아닐까 싶습니다.

여성에게도 성욕은 있습니다. 그러므로 상대를 가리지 않고 섹스가 하고 싶을 때도 있는 법입니다.

'누구라도 좋으니까 섹스하고 싶다.'

가능한 일입니다. 그러나 '원 나이트 스탠드'를 하면서 마음을 나눌 수는 없습니다. 하룻밤의 쾌락 후에 남는 것은 그때의 기억과 성병뿐입니다. 만일 잠자리가 급하다면 일단 내 마음이 두근거리는지부터 살펴봅시다. 일방적으로 유혹당하는 게 아니라 정말 내가 원하는 상대인지가 중요한 기준입니다. 설레는 느낌이 들지 않는 남성은 모두 부적합 합니다.

물론 다들 성인이므로 데이트한 첫날에 관계를 가질 수 있습니다. 그럴 때조차도 아무런 생각 없이 섹스를 해서는 안 됩니다. 지속적인 분산연애를 할 수 있는 상대인지 확인한 뒤에 몸을 섞어도 늦지 않습니다. 어떤 성장 과정을 거쳤는지, 지금 하는 일이 무엇인지, 성격은 또 어떤지 아무것도 모른 채 겉모습에 이끌려 잠자리를 갖고 나면 모처럼 좋은 남자를 만나고서도 그대로 헤어질 수 있습니다.

룸살롱을 경영하는 사람들에게는 철칙이 있습니다. 호스티스가 손님과 함부로 잠자리를 하지 않도록 주의합니다. 섹스만 바라보고 찾아온 남자 손님이라면 더욱 그렇습니다. 그 손님을 단골로 만들려면 관계를 쉽게 허락해서는 안 됩니다. 한 번 잠자리를 갖고 나면 그 손님의 목적은 달성되고, 더 이상 양주를 팔 수 없게 됩니다. 잠자리를 무기로 어떻게 단골을 만들 것인지가 경영의 성패를 판가름합니다.

섹스만 원하는 상대와 사귀면 관계를 가진 시점에서 교제가 끝납니다. 섹스가 목적인 사람인지 아니면 섹스 후에도 좋은 관계를 이어갈 수 있는 사람인지 차분히 생각한 뒤에 행동해도 늦지 않습니다.

분산연애란 섹스를 위한 연애법이 아닙니다. 성적인 매력이 없는 상대라도 마음만 통하면 훌륭한 남자친구입니다.

연애나 결혼, 육아보다 내 일이 더 소중하다

요즘 여성들은 에너지가 넘칩니다. 패션잡지 기사를 보면 당당히 자기 인생을 살아가는 여성들이 자주 등장합니다. 과거에 비해 많은 여성이 사회에 진출하였고, 여성 CEO도 낯설지 않습니다.

물론 '이혼녀', '모자가정' 이라고 하면 경제적으로 어렵고, 듬직한 남자와 만나 빨리 결혼해야 하지 않을까 하고 동정을 받는 것도 사실입니다. 그러나 요즘은 이혼한 남편이 양육비 부담 때문에 경제적으로 더 곤궁합니다. 반대로 여성들은 싱글맘을 자처하며 일과 연애에서 알찬 나날을 보내는 사람이 증가하는 추세입니다.

30대 이상의 독신 여성은 남성과 동등한 사회적 대우를 받으면서 남성 직원을 부하로 거느리는 등 직장에서 중용되고 있습니다. 승진은커녕 구조조정 괴담에 몸서리치는 중년 남성들이 회사에 대한 불평불만을 늘어놓으며 술잔을 기울이는 동안, 30대 커리어우먼들은 막중한 프로젝트의 담당자로 눈코 뜰 새 없이 바쁜 나날을 보냅니다. 그런 와중에도 콘서트나 영화, 각종 미술 전시회를 관람하는 등 왕성한 문화생활도 즐깁니다.

이처럼 숨 가쁜 나날 속에서도 연애는 하고 싶고, 그래서 남자친구를 찾습니다. 그러나 조건에 딱 맞는 남자친구를 찾기란 말처럼 쉬운 일이 아닙니다.

Y라는 여성이 한 남자를 소개받았습니다. 그런데 첫 데이트에서 실망한 나머지 교제를 포기했습니다. 상대는 키가 훤칠하고, 친절하고, 성실한 사람이었습니다. 그러나 Y로서는 그 남자의 결혼관을 도저히 받아들일 수 없었습니다.

"맞벌이 안 하면 어떻습니까? 여자는 결혼하면 가정을 돌보고, 아이를 키우고, 노년에는 손자들에게 둘러싸여 여생을 보내는 것이 행복 아닙니까?"

그의 한마디에 그녀는 마음이 식었습니다.

"'너, 도대체 어느 시대에 살고 있니?' 이렇게 쏘아주고 싶었어요. 무엇보다 돈에 쪼들리며 살고 싶지는 않아요. 가정이나 돌보라니 기가 막혔지요. 육아 때문에 일을 그만둘 수는 없어요. 아이도 키우고 일도 할 수 있다고요."

Y는 생맥주잔을 단숨에 들이켰습니다.

싱글맘인 N은 이혼 후 두 아이를 기르면서 음식점을 개업했습니다. 2년이 지난 지금은 종업원 7명을 고용할 정도로 번창했습니다.

"재혼이요? 관심 없어요. 지금은 일하는 게 즐겁고, 무엇보다 날 포용할 수 있는 마음이 넓은 남자가 없는 걸요. 설령 그런 남자가 있더라도 '한번 볼까?' 하는 정도예요. 서른이 넘어서 연애를 시작하려니 처음부터 과정을 밟아가는 게 귀찮아졌어요. 마음이 맞는 몇 명이랑 가볍고 폭넓게 사귀는 게 좋아요."

N의 하루 평균 수면시간은 3시간. 그녀는 연애로 시간을 낭비할 만큼 여유가 없습니다.

'여자는 약한 존재이므로 남자가 지켜주지 않으면 안 된다, 남자가 바깥 일을 나간 사이에 여자는 집을 지켜야 한다.'

전통적인 결혼관을 가진 남성은 여성을 만나기 어려운 시대가 되었습니다.

반대로 의존적인 남성들에게 정나미가 떨어져서 혼자 사는 여성들도 있습니다. 자립한 여성이 남성에게 원하는 것은 경제력이나 남성다운 매력보다도 따뜻한 위로의 손길입니다. 일대일의 연애에서 실망한 여성들은 마음의 공백을 채우기 위해 여러 남성과 교제를 합니다. 그러나 매일이 눈코 뜰 새 없이 바쁘기 때문에 진지한 연애는 할 수 없습니다. 그래서 여성 자신이 편한 시간에 만날 수 있는 상대를 찾게 됩니다.

이 여성들은 일편단심 자기만 바라보는 남성을 부담스러워합니다. 단시간에 에너지를 주고받을 수 있는 남성을 선호합니다. 특히 한 명과 밀고 당기기를 하며 서로에게 맞춰갈 만큼 여력이 없으므로 필요에 따라 여러 명을 사귑니다.

그녀들은 잠잘 시간을 쪼개서 연인들과 달콤한 밀회를 보냅니다. 그래서 더더욱 활력이 넘치는 연애를 원합니다. 이 짧지만 강렬한 만남을 통해 에너지를 얻고 이 에너지로 또다시 정신없이 바쁜 일상에 뛰어듭니다.

한 남자가 감당하기 힘든 여성이 증가한다는 말은, 그만큼 여성의 경제 활동이 활발해졌다는 뜻으로 한 나라의 경제 전체에도 중대한 역할을 합니다. 이 여성들에게 남성은 삶의 활력소가 됩니다.

연애 감정을 느끼며 항상 젊게 살고 싶다

미용업계는 경기를 타지 않습니다. 아무리 살림이 빠듯해도 여성의 예뻐지려는 욕심은 줄지 않습니다. 때마다 다이어트를 하고, 하루도 피부 관리를 빼먹지 않고, 계절마다 최신 유행 옷을 입습니다. 동성에게는 부러움을 사고, 이성에게는 관심을 끌고 싶기 때문입니다.

예뻐지려면 외모만 신경 써서는 안 됩니다. 아무리 비싼 화장품으로도 푸석거리는 피부를 감출 수 없습니다. 피부가 왜 나빠졌을까요? 마음 때문입니다. 내면의 아름다움부터 가꿔야 몸과 마음 모두 건강한 미인이 됩니다.

'두근거림' 은 내면의 아름다움을 가꾸는 특효약입니다. 좋아하는 사람을 생각하면 가슴이 떨리지 않나요? 설레는 마음이 없으면 피부 탄력도 떨어집니다. 평생 한 남자로 질리지 않고 두근거리는 느낌을 받을 수 있다면 당신은 행복한 사람입니다. 그러나 대부분은 사귀면 사귈수록 서로에게 둔감해지기 마련입니다.

분산연애를 하는 사람은 젊음을 간직하기 위해 새로운 사람을 찾습니다. 새로운 상대를 찾는 것도 어렵지 않습니다. 또 새로운 사람을 만나더라도 매일 데이트를 하는 것이 아니므로 신선한 관계를 유지할 수 있습니다.

상대가 많을수록 만남은 항상 설렘으로 가득합니다. 이 덕분에 여성 페로몬이 샘솟게 되고 이는 외모를 빛나게 합니다. 분산연애를 하는 여성은 실제 나이보다 훨씬 젊어 보입니다. 사람에 따라 차이는 있지만 40세는 30대의, 35세는 20대의 신체 나이를 유지합니다.

활발한 섹스도 젊어지는 비결입니다. 사랑하는 이와 섹스를 즐기는 사람은 쉽게 늙지 않습니다. 피부에 윤기가 돌고 행동도 여성스러워집니다. 물론 사랑이 없는 섹스는 효과를 반감시킵니다. 두근거리는 상대와 함께하면 내면부터 아름다워지고, 그 아름다움이 밖으로 드러납니다.

지병으로 앓아누운 할머니가 양로원에서 만난 어느 할아버지와 사랑에 빠진 뒤 걷게 된 사례가 있습니다. 할머니는 아침마다 립스틱을 바릅니다. 할아버지에게서 '예뻐요.' 라는 한마디 말이 듣고 싶어서 꽃단장을 합니다. 연애는 주사보다도 효과가 백배 뛰어납니다.

T라는 여성은 30세의 치과기공사입니다. 2년 전 남자친구와 헤어진 뒤 줄곧 혼자 지냈습니다. 물론 섹스도 하지 않았습니다. 그 사이 그녀의 미간에는 주름이 파이기 시작했습니다. 대수롭지 않은 일에도 눈살을 찌푸리며 부하 직원에게 소리를 질렀습니다.

그러다 얼마 전 실연의 상처를 치유해줄 상대를 만났습니다. T는 또 실연당할지도 모른다는 생각에 3명의 남성들에게 마음을 분산시켜 가볍고 폭넓은 교제를 시작했습니다. 남성들과는 각각 한 달에 한 번씩 만났습니다. 한 달에 세 번, 서로 다른 남성과 데이트를 즐기는 동안 그녀의 양미간은 서서히 펴지기 시작했습니다. 정서도 안정을 찾아갔습니다. 마음과 더불어 얼굴까지 환하게 피어났습니다.

마음 설레는 교제는 주변 사람들에게도 좋은 영향을 미칩니다.

"요즘 왜 이렇게 예뻐진 거예요. 무슨 비결이 있어요?"

칭찬 듣는 일이 많아집니다. 여러분도 예뻐지고 싶지 않은가요?

'마음이 두근거리는 그런 삶을 살고 싶다. 누군가에게 예쁘다고 칭찬받고 싶다.'

이런 소망을 가진 여성이라면 여러 남성의 힘을 빌려 아름다워질 수 있습니다.

아줌마로 늙어가는 내 모습이 싫다

저는 20대 후반에 급격히 주름살이 늘고 피부 탄력이 줄어들었습니다. 연년생인 아들 둘을 키우던 때입니다. 한참 자랄 때의 아이들 모습을 촬영해서 보관하다가 이제는 다 자란 아이에게 당시 영상을 보여주었습니다. 아이가 눈을 동그랗게 떴습니다.

"엄마, 이 아줌마 누구야?"

아이는 27살 때의 제 모습을 낯설어했습니다.

너덜너덜한 트레이닝복, 언제 미용실에 갔는지 모를 부스스한 머리, 화장도 안 한 맨얼굴이었습니다. 한눈에도 딱 아줌마 스타일이었습니다.

저 역시 스스로를 아줌마로 생각하고 있었습니다. 옆집 아이와 얘기하다가 이렇게 말하는 자신을 발견했습니다.

"무거우니까 아줌마가 들어줄게."

아이들이 어렸을 때는 사택에서 살았습니다. 사회와 격리된 세계였습니다. 남편 말고는 이야기를 나눌 수 있는 남자가 없었습니다. 기껏해야 생선가게 아저씨에게 말을 건네는 정도였습니다.

"아저씨, 좀 더 깎아줘요."

"네, 아주머니라면 깎아드리죠."

이러니 늙는 게 당연합니다. 6살 연상의 남편이 돈도 잘 벌어

오니 물심양면 모두 지나치게 안정적이었습니다.

'평생 먹고살 걱정은 안 해도 되겠다.'

그러나 안정적인 생활은 여성의 젊음에는 치명적입니다. 오랫동안 살림과 육아에 전념하다 보면 여성호르몬이 감소하고, 화장은 물론 옷차림에도 무감각해져 아줌마로 전락하고 맙니다.

한창 아이를 키우는 시기에는 부부 관계도 소원해집니다. 잠자리가 줄거나 아예 관계를 갖지 않기도 했습니다. 갓난아기가 3시간 마다 젖을 달라며 보채기 때문에 잠은 잠대로 설치고 피로는 갈수록 가중됩니다. 무엇보다 출산과 동시에 처녀 적 몸매를 잃어버려 스스로 자신감을 잃은 것이 가장 큰 요인이었습니다.

그러나 욕망은 끝이 없습니다. 현실적으로 연애가 불가능한 이 시기에는 TV에 등장하는 연예인을 보며 설레는 기분을 되살리게 됩니다. 제 경우에는 전쟁 영화의 영웅에게 열광하거나 드라마의 꽃미남 주인공에게 빠졌습니다. 미혼 시절의 두근거리는 마음을 이렇게나마 채우려고 했습니다.

그런데 드라마의 주인공들은 실제로 사랑을 속삭여주지도 못하고, 만날 수도 없습니다. 그림의 떡입니다. 아직 저는 팔팔한데 여자로서의 삶이 속절없이 저물어 갔습니다.

대개 아이가 초등학교에 입학한 뒤에야 여유가 생깁니다. 친구도 만나면서 다시 사람들과 교류할 수 있게 됩니다. 최근에는 인터넷을 이용하는 주부도 많아졌습니다. 유부녀들을 사귀어온 회사원 T는 이렇게 말합니다.

"결혼한 여성들은 참 대단해요. 오랜 세월 참았던 것을 한꺼번에 토해내듯이 달려들거든요. 물론 오래 사귀는 경우는 없어요. 남편에게서 받지 못한 사랑만 충족하고 나면 관계가 끝나지요."

육아 중의 섹스리스(sexless)가 그대로 지속되면 남편은 밖에서 애인을 만들고 아내는 젊은 남자를 찾습니다. 아내는 잃어버린 여성성을 되찾기를 갈망하는 듯 젊은 남자의 신체를 탐합니다. T의 얘기를 빌면 가면을 쓰고 생활하는 부부가 많다고 합니다.

부부가 서로를 보면 늘 두근거리고, 섹스도 왕성하게 하여 언제까지나 젊은 남편과 아내로 지낼 수 있으면 더 이상 바랄 나위 없습니다. 그러나 그렇지 못한 부부가 점점 늘고 있는 것도 사실입니다.

아이가 커서 더 이상 엄마의 손길이 필요하지 않게 되면 우연히 외간 남자를 만날 기회가 많아집니다. 헬스장, 동호회 등 만남의 장소는 다양합니다.

여성들은 숱한 세월을 가정을 위해, 오로지 남편만 바라보며 살아갑니다. 이렇게 감옥 아닌 감옥에 갇혀 살아온 여성일수록 더욱 남성과의 만남을 기대하게 됩니다. 남편과의 애정이 차갑게 식어서 이혼을 고려하고 있다면 분산연애를 추천합니다. 가정을 유지하고 싶은 여성은 한 명의 남성에게 깊이 빠지지 말고, 여러 명의 남성과 사귀면서 마음의 조각을 주고받도록 합시다.

나를 인정해주는 남성과 만나고 싶다

아이는 언제나 부모에게 칭찬받고 싶어 합니다. 어릴 때부터 부모에게 사랑받고 칭찬받은 아이는 사춘기가 되어서도 일탈하지 않습니다. 아이가 반항하는 이유는 부모로부터 인정받고 싶기 때문입니다.

어른도 마찬가지입니다. 누군가에게 칭찬받고 싶다, 인정받고 싶다는 욕구가 채워지지 않으면 어깨가 축 처지고 인생이 암담해집니다.

분산연애를 하는 여성 중에는 '인정받고 싶은 마음'이 남보다 강한 사람이 많습니다.

미용사인 Y는 현재 진지하게 사귀고 있는 남자친구 외에 3명의 남자를 더 만나고 있습니다. 그 남자친구는 Y를 한 번도 칭찬한 적이 없습니다. 아무리 정성을 다해 음식을 차려도 '맛있다'는 말을 입 밖에 내지 않습니다. 도리어 듣기 싫은 소리만 늘어놓습니다.

"방 좀 깨끗이 하고 살아라."

"넌 참 옷 입는 센스가 없어."

그럼에도 불구하고 Y는 5년 동안 사귀었고 직업도 안정적인 이 남자와 결혼할 생각이었습니다. 그런데 결혼 이야기가 구체적으로 나오자 Y는 마음이 흔들렸습니다.

그녀는 존재 가치를 인정받고 싶은 마음이 간절했습니다. 그래서 친구에게 소개받은 남자들과 사귀기 시작했습니다. 남자친구에게는 이 사실을 알리지 않았습니다. 반대로 소개받은 남자들에게는 결혼할 사람이 있다고 솔직하게 말했습니다. 그들에게도 각각 여자친구가 있었기 때문에 개의치 않았습니다. 3명의 남자친구는 만날 때마다 옷차림을 칭찬하거나 Y의 기를 살려주려고 노력했습니다. 그동안 결혼을 약속한 남자친구에게 핀잔을 듣지 않으려고 눈치를 살피던 Y였지만 이제는 마치 여왕이라도 된 듯 연하의 남자친구로부터 정중한 대우를 받았습니다.

회사원 T도 자신을 인정해주는 남성을 찾아 헤맸습니다. 일년 전 이혼한 남편은 끊임없이 폭력을 휘둘렀습니다. 대수롭지 않은 일로 화를 내고, 머리채를 휘어잡거나 팔을 비틀었습니다. 그의 폭력은 그녀의 마음속에 씻을 수 없는 상처를 남겼습니다.

'내가 못나서 맞았던 게 아닐까? 남자들이 보기에 나는 여자로서 매력이 없는지도 몰라. 아마도 나를 각별히 챙겨주는 남자는 이 세상에 없을 거야.'

전 남편으로부터 벌레만도 못한 취급을 받았던 T는 자기 자신에 대한 존엄성마저 잃었습니다.

그때 직장 상사 K가 나타났습니다. 그는 매일 그녀의 화장이

나 옷차림을 보면서 칭찬을 아끼지 않았습니다. 또 협력업체의 O도 자상하고 친절하게 말을 건넸습니다. 지금 그녀는 두 남자 친구와 번갈아가며 교제하고 있습니다.

T의 상처는 칭찬받고 인정받으면서 조금씩 아물었습니다. 전 남편의 일방적인 섹스와 달리 두 사람 모두 T를 배려하며 스킨십을 진전시켰습니다. 그녀는 얼굴이 활짝 피었습니다. 몸에 남은 상처는 그대로지만 마음에 그어졌던 깊은 상처는 깨끗하게 치유되었습니다.

한 사람에게만 의지하던 시절에는 커지기만 하던 마음의 상처가 두 사람의 사랑을 통해 치유됩니다. 분산연애는 이처럼 여성의 마음을 치유하는 효과도 있습니다.

만약 T가 신경정신과에 다녔다면 약에만 의존했을지 모릅니다. 그랬다면 과연 상처가 씻은 듯이 나았을까요? 정신과 의사에게 상담받는 것으로 마음을 치료할 수 없다면 여러 명의 남자 친구와 교제하세요. 그들에게 사랑을 받다 보면 치료 효과가 몰라보게 달라집니다. 마음이 쓸쓸하고 괴로운 사람에게 분산연애를 추천합니다.

모성본능과 결별하세요

만화가 쿠라타 마유미가 연재한 〈다멘즈워커(형편없는 남자에게 끌리는 여자)〉라는 만화가 전국을 들썩이게 한 적이 있습니다. 자기 얘기처럼 여기는 여성이 많았다는 증거입니다.

'다멘즈워커' 란 왠지 모르게 한심한 남자에게 끌리는 여성을 말합니다. 물론 본인도 잘 알고 있습니다.

예를 들면 한두 번 만났을 때에는 멋진 남자처럼 보입니다. 자신의 원대한 포부를 들려주는 남성을 보면 '정말 멋진 남자구나' 하고 한눈에 반하여 교제를 시작합니다. 그런데 실상은 영 딴판입니다. 성인오락에 푹 빠져 빚이 산더미 같습니다. 매일 허송 세월하고, 꿈 따위는 안중에 없습니다. 급기야 "너, 돈 좀 있니? 조금만 빌려줘." 하고 뻔뻔스럽게 말합니다.

그 남자와 고생 끝에 헤어지고, 다음은 견실한 남성을 고릅니다. 하지만 사귄 지 얼마 안 되어 본성이 밝혀집니다. 외식할 때도 엄마에게 물어보는 마마보이였습니다. 이 사람과 결혼하면 신혼여행에 엄마가 따라올 것 같았습니다.

이번에는 호탕한 남자와 만나고 싶었습니다. 그래서 찾은 상대가 허세남. 항상 고급 레스토랑에서 식사를 하고, 독일 차를 몰고 다닙니다. 회사도 하나 경영하고 있어 전도유망한 청년사업가처럼 행세합니다. 그러나 실제로는 고리대금업자에게 빚을 지고 있어 하루가 멀다 하고 독촉 전화가 걸려옵니다.

이런 연애를 되풀이하는 여성이 '다멘즈워커' 입니다.

한 사람에게만 사랑받고 싶다, 한 사람을 사랑하고 싶다는 소망이 이런 악순환에 빠뜨립니다.

"불쌍한 남자들이야. 내 힘으로 어떻게든 도와주고 싶어. 내가 반드시 그를 바꿀 거야."

'다멘즈워커' 는 마치 그의 엄마라도 되는 것처럼 남자를 두둔합니다. 그러나 생각해 보세요. 그는 어린애가 아닙니다. 어렸을 때부터 형성된 성격을 몇 번의 만남으로 바꿀 수 있을까요? 잠시 바뀐 것처럼 보여도 곧 오뚝이처럼 본래대로 돌아갑니다. 뜨겁게 달아오르던 연애감정이 식고 나면 형편없는 그의 본모습이 얼굴을 삐죽 내밉니다. 스스로 고치려고 하지 않는 사람을 당신의 힘으로 바꾸려고 하는 것은 교만입니다.

'다멘즈워커' 로 고통받고 있는 여성에게 분산연애를 추천합니다.

'다멘즈워커' 인 여성은 서투른 낚시꾼처럼 한심한 남자만 낚습니다. 그렇다고 걱정할 필요는 없습니다. '다멘즈워커' 의 체질을 역으로 활용하면 됩니다.

'다멘즈' 는 매력적인 남성입니다. 초기에는 그 매력에 강하게 끌립니다. 그렇다면 그의 장점만 바라보면 됩니다. 동시에 다른 남성과도 교제합니다. 물론 그 남자도 '다멘즈' 일 것입니다. 그의 매력만을 바라보며 다음 남성을 찾습니다. 무엇보다 자신이 '다멘즈워커' 임을 자각해야 합니다. 그러면 요령 있게 분산연애를 할 수 있습니다.

제 친구 F는 '다멘즈워커' 체질을 100퍼센트 활용합니다.

그녀의 남자친구는 일과 출세에 대한 의욕이 없습니다. 한 달의 반은 공사판에서 막노동을 하고 나머지 반은 성인오락실에 드나듭니다. 빚도 상당합니다. 남자친구를 사귀면서부터 F는 가끔 성인게임을 즐깁니다. 버튼 누르는 타이밍을 놓칠 때가 많아 남자친구에게 대신 눌러달라거나 설명해달라고 합니다.

또 다른 남자친구는 자동차 마니아입니다. 월급의 대부분을 자동차 튜닝을 하는 데 쏟는가 하면, 다음 달에는 사고가 나서 곧 폐차합니다. F는 그에게 자동차의 유지 관리를 부탁합니다.

"두 사람 다 내게 상냥해요. 또 내가 그들에게 의지할 수도 있어요. 나는 두 사람을 정말 좋아해요. 그런데 좋은 점도 있지만 인격적으로는 부족한 점이 많아요. 미래를 함께하기에는 행복을 장담할 수 없어요. 그들은 자기가 좋아하는 일을 하면 그걸로 만족해해요. 그들을 바꿔보겠다는 생각은 없어요. 에너지 낭비일 뿐임을 잘 알거든요. 지금 관계로 만족해요."

'다멘즈워커' 체질을 잘 활용하면 불행에 빠지지 않고 연애를 즐길 수 있습니다.

남편 잘 만나고 아이 잘 크는 것이 성공적인 삶일까?

사카이 준코의 베스트셀러 《패배자의 절규》는 다음과 같은 내용을 담고 있습니다.

'돈을 벌지 않는 여자, 아이를 낳지 않은 여자, 아무리 미모가 뛰어나도 서른이 넘도록 미혼이거나 자식이 없는 여자는 패배자다.'

작가는 삶의 방식에 따라 여성을 둘로 나눕니다. 결혼해서 아이를 키우는 사람과, 결혼하지 않고 일에 몰두하는 사람. 작가는 이들을 각각 승리자와 패배자로 규정짓습니다. 이런 구분 덕분에 사람들 입에서 회자되었습니다.

과연 '승리자'는 이 책을 읽고 우월감을 느꼈을까요? 일부에서는 저자에 대해 '작가는 자신을 패배자라고 밝히지만 사실은 승리자라고 여기고 있다.'라고 비판합니다. 동화 「파랑새」의 틸틸과 미틸이 그랬듯이 누구나 자신이 처한 현재 상황에서 행복을 찾기란 힘듭니다. 결혼하여 아이를 돌보고 있는 여성에게는 독신 여성의 자유가 부러울지 모릅니다.

사실 분산연애를 능숙하게 실행하고 있는 층은 '패배자'입니다.

미혼에다 아이가 없으므로 모든 시간과 돈을 자신을 위해서 투자할 수 있습니다. 멋진 남성과 어울릴 기회도 많습니다. 그래서 진지하게 사귀는 남자친구가 있어도 잘생긴 연하나 듬직한 연상의 남자친구를 만나기도 합니다. 패배자들은 시간과 돈을 자유롭게 쓸 수 있으므로 분산연애에 적합합니다. 또한 자신의 정서적 균형을 유지하는 데도 분산연애가 어울립니다.

패배자들은 평범하거나 안정적인 상대보다는 독특하고 터무니없는 모험가 타입의 남성에게 끌립니다. 이런 남성들과 능숙하게 연애를 즐기는 것도 하나의 재주입니다. 승리자들은 상상도 할 수 없을 정도로 인생을 즐깁니다.

G라는 여성은 대기업에서 근무하는 32살의 회사원입니다. 그녀는 적금 1억의 자산으로 곧 아파트를 구입할 예정입니다.

"서른 전에는 저도 결혼하고 싶은 마음이 굴뚝같았어요. 그런데 이제는 욕심이 사라졌어요. 아이는 낳고 싶지만 남편은 필요없어요. 지금의 자유로운 생활을 아무에게도 방해받고 싶지 않아요. 지금은 3명의 남자친구를 사귀고 있어요. 한 사람은 취미가 같은 친구, 한 사람은 동료, 나머지 한 사람은 젊은 대학생이에요. 제가 일 때문에 바빠서 자주 만나지 못하지만 3명 모두 소중한 남자친구예요."

G의 다이어리에는 취미 · 문화생활과 같은 여가 스케줄이 빼곡히 적혀 있습니다. 인생을 신나게 즐기고 있습니다.

미혼들이 결혼하지 않는 이유는 각양각색입니다. 인생의 동반자를 아직 못 만났다거나 사랑하는 사람에게 부인이 있다거나 혹은 사랑하던 사람이 사고로 죽었다는 등 이유 없는 무덤은 없습니다. 반면 기혼 여성에게 물어보면 결혼한 이유가 뚜렷하지 않습니다.

저는 23살에 결혼했습니다. 저도 왜 결혼했느냐는 질문을 받은 적이 있습니다.

"어떻게 하다 보니까……."

"평생 굶어죽지는 않겠다고 생각해서……."

"혼자 사는 게 외로워서……."

이것저것 꼽아보지만 딱 이거다 하는 이유는 없었습니다.

저는 남보다 일찍 결혼하고 두 명의 아이를 낳은 승리자였습니다. 하지만 가정이라는 상자 속에 갇혀 있자니 하루하루가 지루하고 갑갑하여 견딜 수 없었습니다. 11년 뒤 스스로 문을 박차고 세상으로 나오자 더 많은 사람과 교류할 수 있다는 해방감에 가슴이 벅찼습니다. 패배자 체질인 것을 모르고 승리자로 행세했던 탓에 숨도 제대로 쉴 수 없었습니다. 뛰쳐나온 것은 저에게는 당연한 일이었습니다.

저는 현재 분산연애를 즐기고 있습니다. 제 경험으로는 분산연애만큼 독신 여성에게 딱 어울리는 연애도 없습니다. 배우자가 없으므로 누구에게도 비난받을 일이 없습니다. 또 만나는 상대 역시 독신자로 제한하기 때문에 상대의 부인에게 고소당할 염려도 없습니다. 어느 정도 경제력을 가지고 있기 때문에 분산연애의 규칙인 더치페이도 가능합니다.

물론 분산연애 여성이 늘면 출산 문제가 악화될 우려도 있습니다. 저출산은 사회적으로 큰 문제입니다. 하지만 사회 문제는 사회에 맡깁시다. 한 평생을 결혼, 출산, 육아만 하다 끝낸다는 것은, 하고 싶은 일도 많고 호기심도 왕성한 독신 여성에게 견딜 수 없는 일입니다. 독신 여성 인구와 함께 증가하고 있는 독신 남성들에게도 분산연애를 적극 추천합니다.

당신의 고민을 속 시원히 털어놓을 수 있는 사람이 있습니까?

최근 연애 카운슬러가 유망 직종으로 떠오르고 있습니다. 연애 카운슬러는 '연애' 만을 상담합니다. 연애 문제로 고심하는 젊은 여성들의 발길이 끊이지 않습니다. 기존의 카운슬러에게는 털어놓을 수 없었던 은밀한 고민마저 속 시원히 이야기할 수 있기 때문입니다.

주 고객은 20대는 물론 30세 이상의 여성도 많습니다. '남자 친구에게 집착해서 괴롭다' 는 고민이 대부분입니다. '헤어지고 싶은데도 헤어질 수 없다' 는 내용은 적었습니다.

"제가 자주 전화하고 문자 보내는 걸 그가 부담스러워할까 봐 걱정이에요."

"그가 어디에서 뭘 하는지, 누구를 만나는지 자꾸만 신경 쓰여요. 일도 제대로 못할 정도에요. 나 말고 좋아하는 여자가 있을까 봐 조마조마해요. 그의 휴대폰을 몰래 뒤지는 내가 너무 싫어요."

"우리가 사귄 지 벌써 2년이 되었어요. 그런데 그는 저와 결혼할 생각이 없나 봐요. 제가 먼저 결혼 얘기를 꺼내면 난감한 표정을 지어요. 올해 27살이에요. 결혼을 서두르고 싶은데 어떻게 하면 그에게 청혼을 받을 수 있을까요?"

그녀들이 괴로워하는 이유는 단 한 가지입니다. 한 사람에게서 모든 것을 바라기 때문입니다. 그와 대화로 풀어야 할 문제들이지만 그를 너무 사랑한 나머지 어찌할 바를 모르는 것 같습니다. 연애 카운슬러는 그와의 관계에 대해 세세히 묻고, 관계를 개선하는 방법을 조언합니다. 혼자 끙끙 앓던 고민을 다른 사람에게 스스럼없이 털어놓아서 마음이 편해진다면 다행입니다. 그런데 일부 여성은 남자친구와의 문제를 남에게 털어놓았다는 이유로 자책감을 갖기도 합니다.

이럴 때 당신을 이해해주는 또 다른 남성이 곁에 있다면 어떨까요?

그는 연애 카운슬러의 역할을 대신합니다. 늘 무슨 고민이든 들어줍니다. 물론 당신도 그의 고민을 들어줍니다. 이 두 번째 남자친구가 있다면 당신은 첫 번째 남자친구에 대한 집착에서 벗어나 더 이상 괴로워할 필요가 없습니다.

카운슬러는 남성에게도 필요합니다. 사람은 자기의 역할과 의무에 충분하지 못했을 때 스트레스를 받습니다. 샐러리맨은 상사와 부하 사이에서 눈치를 봅니다. 경영자는 책임감과 고독감에 둘러싸여 살아갑니다. 나이 어린 학생조차 미래에 대한 고민으로 괴로워합니다.

남성들은 대개 고민을 속으로 삼킵니다. 카운슬링을 받을 정도는 아니어도 일상적인 스트레스가 장기간에 걸쳐 쌓인 나머지 마음이 병든 남성도 많습니다.

이러한 남성들은 여자친구든 아내든 의사에게든 고민을 털어놓는 것만으로 활력을 얻을 수 있습니다. 다시 일상을 지속할 수 있는 기운이 납니다. 이런 남자에게 필요한 것은 충고가 아닙니다. 스트레스와 관련이 없는 누군가에게 고민을 털어놓고 푸념하는 것만으로 막혔던 속이 뻥 뚫립니다.

사람은 누구나 '내 편' 이 있으면 좋겠다고 생각합니다. 그가 처한 상황이나 고민의 내용은 중요하지 않습니다. 단지 그를 지지하고 곁에 있어주는 것만으로 큰 힘이 됩니다.

"그러게요. 그 사람이 잘못했군요. 하지만 이대로 주저앉을 수는 없잖아요. 힘내세요."

어린아이가 부모에게 칭찬받고 싶어 하는 것처럼 어른 또한 누군가에게 존재 가치를 인정받고 싶어 합니다.

남성들은 늘 만나는 아내나 여자친구에게 고민을 털어놓지 않습니다. 반대로 가끔씩 만나는 여성에게는 자신의 나약한 모습도 스스럼없이 내보입니다.

고민을 털어놓을 수 있는 상대가 단 한 명만 있어도 든든한 버팀목이 됩니다.

남성에게도 분산연애가 필요합니다.

몸이 아닌 마음을 나누는 분산연애로 연애의 괴로움에서 벗어날 수 있습니다. 혼자 끙끙 고민하지 말고 '나만의 카운슬러'에게 털어놓으세요. 마음이 평온해지고, 매사 자신감 넘치게 임할 수 있습니다.

분산연애로 실연의 상처를 치유할 수 있습니다

오랫동안 사귄 연인과 헤어지면 한동안 충격이 가시지 않습니다. 물 한 모금도 넘기지 못하고, 그를 떠올리면 눈물이 주르르 흐릅니다. 꽃 피는 봄날은 영영 돌아올 것 같지 않습니다. 시간이 흘러 다른 사람에게 사랑의 고백을 받아도 과거의 괴로웠던 순간이 떠올라 쉽게 마음을 열지 못합니다. 연애 공포증입니다.

이때 분산연애는 하나의 대안입니다.

본격적인 연애는 아니더라도 호의를 갖고 남성을 만날 수 있다면 상처가 조금씩 아물어 갑니다. 당신이 준비가 안 됐음을 밝히면 상대도 수긍하고 일정한 선을 지키려고 할 것입니다.

'도저히 가벼운 기분으로도 만날 수 없어.'

마음을 단 1퍼센트라도 열 수 없는 분들은 그저 스쳐가는 일상인 듯 교제를 시도하는 게 바람직합니다. 굳이 연애 감정을 되살리려고 하지 말고 일상생활 속에서 만나는 사람 중에 함께하고 의지할 수 있는 상대를 찾아봅시다.

상대가 건강에 관심 많은 사람이라면 당신이 몸이 아프거나 기력이 없을 때 적합한 건강보조식품을 소개해줄 것입니다. 또 상대가 자동차 마니아라면 차의 유지 관리를 대신해줄 것입니다. 남자친구가 안마사라면 더할 나위 없이 편리합니다. 언제나 자상하게 당신의 어깨를 주물러줄 것입니다. 피로와 어깨 결림이 싹 가십니다. 컴퓨터 전문가도 좋습니다. 인터넷 연결이 끊겼을 때나 컴퓨터가 고장 났을 때 매뉴얼을 찾느라 고생하지 말고 친구에게 전화를 거세요. 훨씬 빠르고 정확하게 원상복구가 가능합니다.

제 친구 중에 분산연애의 달인이 있습니다. 올해 서른 살인 그녀는 4년간 사귄 남자친구에게 차인 뒤 자포자기 상태에 빠졌습니다. 아무도 사랑할 수 없는 상태였습니다. 휴일에는 혼자 집에 틀어박혀 온종일 게임만 했습니다. 그런데 3개월쯤 지나자 태도가 싹 바뀌었습니다.

"더 흘릴 눈물도 없어. 이제부터는 가벼운 마음으로 많은 남자와 연애를 할 거야. 그동안 남자친구에게 점잔 떠느라 요구하지 못했던 것도 당당히 말할 거야!"

그 후 그녀의 행동은 칭찬할 만합니다. 중고차 샵의 사장에게서 거의 공짜로 차를 구입하고 유지 관리도 무료로 받고 있습니다. 의류 도매점을 운영하는 사장에게서는 옷을, 화장품회사의 사원에게서는 화장품 샘플을 듬뿍 받습니다. 성형외과 의사에게 저렴하게 쌍꺼풀 수술도 받았습니다. 속마음이 빤히 들여다보이긴 하지만, 그녀는 '모두 나의 남자친구'라고 거리낌 없이 말합니다. 도시에서 사는 독신 여성의 처세술이 아닐까 싶습니다.

분산연애는 상대의 장점에 집중하는 연애법입니다. 상대가 가장 잘하는 분야에 관심을 기울이면 됩니다. 기왕이면 당신이 번번이 곤란을 겪는 일, 즉 당신이 젬병인 분야를 보완할 수 있는 남자친구를 만나세요. 남자친구도 사귀고 생활에도 도움이 됩니다.

이때 주의할 점이 있습니다. 상대와 눈높이를 맞추어야 합니다. 학생 신분의 남자친구에게 회사 고민을 털어놓으면 현명한 조언을 듣기는 어렵습니다. 젊은 남자친구라면 최신유행 정보나 음악 이야기를 화제로 올리는 것이 바람직합니다. 20대 남성 중에는 연상의 여성과 사귀고 싶어 하는 사람이 있습니다. 당신은 그 젊은 친구들보다 사회적 경험이 풍부합니다. 이 경험을 적극 살려서 데이트를 이끌면 젊은 남자친구도 즐거운 시간을 보낼 수 있습니다. 동시에 당신은 연하의 남성으로부터 '젊음'의 에너지를 충전시킬 수 있습니다.

서로의 부족한 점을 메우는 분산연애는 때로는 이해타산적인 방식으로 흐를 수 있습니다. 그러나 설령 그렇더라도 우리 각자의 상처를 치유하고 즐거운 삶을 영위할 수 있다면 그것으로 충분합니다.

한 가지만 더 짚고 갑시다. 매력이 없는 폭탄남은 분산연애의 상대로 어울리지 않습니다. 단지 취미가 같거나 말이 통해서 가볍게 만나다가 어느 날 하룻밤을 같이 보내면 그날부터 마치 내 여자라도 되었다는 듯이 동네방네 소문내며 구속하려 드는 경우가 있습니다.

"이 여자는 정말 나를 사랑하나 봐."

자기 멋대로 관계를 설정하는 가부장적인 남자는 피합시다. 상처를 치유하기 위해 분산연애를 할 때는 뭇 여성의 심금을 울리는 최고의 남성을 만나야 합니다.

CHAPTER 02
분산연애의 다양한 유형과 사례
分散戀愛02

과거의 연애에서 상처를 받은 트라우마형

분산연애를 하는 여성의 유형은 각양각색입니다. 그중 하나가 '트라우마형' 입니다.

이 여성들은 과거에 연애를 하면서 큰 상처를 입었습니다. 그 상처 때문에 새로운 연애를 주저합니다.

28세의 직장 여성 A는 세 살 연상의 남성과 3년간 교제했습니다. 그런데 3년이 지나도록 상대 남성은 부모님께 인사시키지도 않고, 청혼하려는 기색도 보이지 않았습니다. 어느 날 A가 조심스럽게 결혼 이야기를 꺼냈습니다. 그러자 그가 갑자기 무릎을 꿇더니 자신이 유부남임을 고백했습니다. 자녀도 2명이나 있다고 했습니다. A는 치밀어 오르는 분노를 참을 수 없었습니다. 급기야 그의 가정을 파탄 내겠다고 앙심을 품었습니다. 마음을 다스리고 이성을 되찾기까지 반년이 걸렸습니다. 그 세월을 오로지 눈물로 보냈습니다.

판매업에 종사하는 25세의 여성 B는 절친한 친구인 C에게 자신의 남자친구를 소개시켰습니다. 그런데 그 후로 남자친구의 태도가 왠지 달라졌습니다. 뭔가 숨기는 것 같았습니다. 몰래 남자친구의 휴대폰을 훔쳐봤습니다. 아니나 다를까, 남자친구는 C와 바람을 피우고 있었습니다. 연인과 친구, 소중한 두 사람에게 배신당한 B는 불면증에 시달려 병원 신세까지 졌습니다. 그로부터 얼마 뒤 B는 지인을 통해 남자친구와 C가 결혼한다는 소식을 들었습니다. 그녀는 끝내 우울증에 걸렸습니다.

31세의 K는 평범한 주부입니다. 어느 날 그녀의 집에 한 여자가 찾아왔습니다. 여자는 K가 결혼하기 전부터 남편과 깊은 관계였다며 한바탕 소동을 피우고 떠났습니다. 행복했던 가정은 눈 깜짝할 사이에 아수라장이 되었습니다. K는 남편에게 자초지종을 물었습니다. 남편은 K가 아닌 그 여자를 사랑한다고 고백했습니다. 결국 부부는 이혼했습니다. 오로지 한 남자만을 바라보고 결혼했던 K는 7년간 남편에게 속고 살았던 것입니다. 친정으로 돌아간 K는 눈물로 1년을 보내고 나서야 가까스로 정신을 차리고 직장에 다니기 시작했습니다. 그러나 마음에 남은 상처는 아직 아물지 않았습니다. 잊으려고 하면 할수록 전 남편의 내연녀가 던졌던 말 한마디 한마디가 생생히 떠올랐습니다.

"그 사람은 나를 사랑해요."

심리적 쇼크는 연애 공포증으로 이어집니다.

"남자라면 지긋지긋해. 이제 두 번 다시는 연애 따윈 하지 않겠어."

연애 공포증이란 연인에 대한 신뢰가 무너진 나머지 마음의 문을 닫는 심리적 현상을 말합니다.

연애 공포증에 걸린 사람들은 자기만의 세계에 갇힙니다. 남자와는 아예 말을 섞지 않는 여성도 있습니다.

직장이나 동호회 등을 통해 여러 남성과 교류하며 상처를 회복하는 여성도 있습니다. 그러나 일정한 거리를 유지합니다. 매일 주고받는 전화 통화나 잦은 데이트를 꺼립니다.

'한 사람에게 너무 기대면 또 상처받을지 모른다. 가벼운 마음으로 여러 사람을 넓게 사귀는 게 낫다.'

무의식중에 트라우마가 속삭입니다.

상처받은 마음을 회복하기란 쉽지 않습니다. 아무리 마음을 다잡아도 몇 년 혹은 몇 십 년이 걸리기도 하고, 평생 아물지 않는 상처를 간직한 채 살아가는 사람도 있습니다.

상처를 극복하기 위해 억지로 일대일의 연애를 진척시키면 도리어 상처가 악화됩니다.

어느 여성은 과거의 상처를 극복하기 위해 한 남성과 교제를 시작했습니다. 새로운 인연으로 과거의 남자를 잊을 수 있을 것이라고 생각하여 무작정 시작한 교제였습니다. 두 사람의 관계는 나날이 발전했습니다. 어느 날 그녀는 청혼을 받았습니다. 그런데 남자의 말이 떨어지자마자 과거에 받았던 상처가 떠올라 그녀는 순간적으로 호흡곤란을 일으켰습니다. 승낙의 말을 기대하던 남성은 이 예상치 못한 상황에 몹시 놀랐습니다. 그녀는 준비 없이 시작한 연애를 후회했습니다. 결국 두 사람은 헤어졌습니다. 요즘 그녀는 분산연애를 하고 있습니다.

마음에 깊은 상처를 입은 여성에게는 회복기가 필요합니다. 이들에게는 분산연애가 적합합니다. 가벼운 마음으로 여러 명의 남성과 교제하는 동안, 마음의 안정을 찾아 상처를 조금씩 치유할 수 있습니다. 그러면 머지않아 한 사람만을 사랑할 수 있게 될 날도 올 것입니다.

트라우마형 여성은 취미생활을 함께 즐길 수 있는 남자친구를 만나야 합니다. 운동이든 여행이든 함께하다 보면 자주 웃게 되고 활력을 되찾습니다. 쾌활한 성격의 남자친구들을 통해 불행했던 과거의 기억도 점차 지울 수 있습니다.

만약 당신이 트라우마형 여성이라면 지금 당장 동호회에 가입하길 권합니다. 함께 어울려 왁자지껄 떠들 수 있는 친구나 오붓하게 데이트를 즐길 수 있는 남자친구를 만날 수 있습니다.

결혼을 빙자한 남자에게 사기를 당했습니다

야마모토 미사코 31세, 가나가와현 요코하마시

28살 때였습니다. 단골 주점에서 한 남자를 알게 되었습니다. 프리랜서 디자이너인 그는 키가 크고 멋있었습니다. 그와 사랑에 빠졌습니다. 만난 지 2개월쯤 지날 무렵 관계는 무르익었습니다.

저는 고등학교를 졸업하자마자 은행에 취직했습니다. 올해로 근무한 지 10년째입니다. 그동안 직장 동료들이 차례로 결혼하여 퇴직하는 모습을 보면서 저도 결혼하고 싶어졌습니다. 내 결혼 상대는 그 남자밖에 없다고 생각했습니다. 교제는 순조로웠습니다. 반년이 지났습니다. 그런데 제가 '결혼'이라는 말만 꺼내면 그는 얼굴을 찌푸렸습니다. 말 못 할 비밀이 있는 것은 아닌지 의심스러웠습니다.

"자기, 나한테 뭐 숨기는 거 없어?"

하루는 큰 맘 먹고 물어보았습니다.

그는 잠시 고개를 숙이더니 가라앉은 목소리로 말했습니다.

"사실은…… 시골에 계신 어머니가 암에 걸렸어."

"뭐? 그런 얘기를 왜 이제야 하는 거야?"

"아니, 이건 내 문제니까."

"왜 그런 섭섭한 말을 하고 그래. ……그럼 어떻게 할 생각인데?"

"사실은 이번에 수술하는데, 적금해 둔 돈으로는 모자라서 일단 사채라도 쓰려고."

"수술하는 데 얼마나 드는데?"

그의 어머니는 보험이 없어서 수술과 입원비용으로 3백만 엔이 든다고 했습니다. 그날 저는 적금을 해약해서 그에게 건네줬습니다. 그는 기뻐했습니다.

"이 돈이면 충분히 수술해드릴 수 있겠어. 정말 고마워. 이럴 때 이런 말은 어색하지만…… 나랑 결혼해줄래? 나에게는 너밖에 없어."

하늘을 나는 기분이었습니다. 곤란에 빠진 그를 내가 도와주었다, 이제부터 둘이서 벌면 돈은 다시 모을 수 있겠다고 생각했습니다.

그런데 그날 이후 그와 연락이 끊어졌습니다. 전화도 받지 않고 문자를 보내도 감감무소식이었습니다. 참다못해 그의 집으로 갔습니다. 경비 아저씨께 물어보니 이사를 갔다고 했습니다.

하늘이 무너지는 것 같았습니다. 현기증이 나서 제대로 서 있을 수가 없었습니다.

어제까지만 해도 나를 껴안고 사랑을 속삭이던 그가, 현금을 손에 쥐자마자 홀연히 사라졌습니다.

저는 사랑하는 사람과 적금을 한꺼번에 잃고 빈껍데기가 되었습니다. 눈물은 다 말라버렸습니다. 일이 전혀 손에 잡히지 않아 장기 휴가를 냈습니다. 그 후로 저는 사람을 사랑할 수 없게 되었습니다. 친구의 부탁으로 미팅에 나갔지만 상대 남성과 아무 얘기도 나누지 못하고 묵묵히 먹고 마시기만 했습니다. 단지 머릿수를 채우기 위해 자리에 앉았습니다.

그로부터 2년이 지나서야 남성과 대화할 수 있었습니다. 지금은 여러 명의 남성과 사귀고 있습니다.

결혼을 빙자한 사기꾼들은 도처에 깔려 있습니다.

그들은 결혼 적령기 여성에게 접근합니다. 그럴듯한 이유를 만들어 돈을 빌린 뒤에 달아납니다. 흥미로운 사실은 그들이 빌리는 액수입니다. 대체로 3백만 엔이 마지노선입니다. 미사코 씨는 한 번에 빼앗겼지만, 대부분 야금야금 빌립니다. 3백만 엔을 넘길 때쯤 사기꾼임을 알아차립니다. 그러나 이미 도망갈 준비를 마친 뒤입니다.

사랑하는 사람에게 배신당하면 마음에 큰 상처가 남습니다. 하물며 범죄에 말려든다면 그 충격은 상상할 수 없습니다.

진심으로 나를 사랑하는 사람을 만날 때까지 분산연애로 마음의 상처를 치료하기를 추천합니다.

두 번 다시 사기꾼에 걸리지 않으려면 주의해야 합니다. 만난 지 얼마 되지도 않아서 결혼 얘기를 꺼내는 남자는 의심해야 합니다. 행복은 돈으로 살 수 없습니다.

바람피운 남편이지만 아이 때문에 꾹 참으려고 했는데…

마쓰야마 레이코 34세, 아이치현 가스가이시

남편과는 사내 연애 끝에 결혼했습니다. 세 살 연상인 남편은 포용력이 있고 누구에게나 호감을 주는 타입입니다. 결혼 후 곧 아이를 가졌고 행복한 결혼생활을 보내고 있었습니다. 그런데 제가 육아에만 매달리느라 내조에 소홀했는지 남편의 귀가가 조금씩 늦어졌습니다. 남편은 야근 때문이라고 했습니다. 그 말을 믿었습니다. 그런데 남편의 옷에서 살짝 향수 냄새가 묻어났습니다. 불안감이 엄습했습니다. 반년 가까이 잠자리도 없었습니다.

하루는 용기 내서 말을 꺼냈습니다.

"혹시 당신…… 나 몰래 만나는 여자 있어요?"

"무슨 소리야. 회사 일이 바빠서 힘들어 죽겠구먼."

"나는 눈치도 없는 줄 알아요? 만날 같은 향수 냄새가 나잖아요."

남편은 움찔하더니 입을 다물었습니다. 유감스럽게도 제 직감이 맞았습니다.

"미안해……. 실은 회사 여직원과 몇 번 만났어. 이제 정리할 테니까 용서해 줘."

화가 치밀었습니다. 하지만 아직 아이가 어려 혼자 기를 수는 없는 노릇이었습니다. 이번 한 번만 넘어가기로 했습니다.

몇 개월 뒤였습니다. 하루는 아이를 데리고 마트에서 장을 보는데 어떤 여성이 다가왔습니다.

매끈한 다리를 가진 20대 초반의 예쁜 여성이었습니다.

"실례지만, 마쓰야마 씨의 부인이세요?"

"네, 누구시죠?"

"남편과 헤어져 주세요. 우리 둘은 서로 사랑하고 있어요!"

그녀는 주변의 시선도 아랑곳하지 않고 당당하게 말했습니다.

그녀의 눈에는 살기가 등등했습니다. 무슨 일인지 알기라도 하듯 아들은 제 품에 안긴 채 울음을 터뜨렸습니다.

그날 밤의 일은 지금도 잊을 수 없습니다.

"오늘, 그 여자가 찾아왔어."

"아, 들었어. 미안해. 어쨌든 그렇게 됐으니까 나랑 헤어져 줘."

남편의 뻔뻔한 말투에 분노가 폭발했습니다.

"웃기는 소리 하지 마! 지금 누굴 바보로 아는 거야?"

"당신한테는 질렸어. 원하는 건 다 줄 테니까 헤어져 줘."

접시, 리모컨, 재떨이…… 저는 주변에 있는 물건을 닥치는 대로 남편에게 던졌습니다. 남편은 그 자리에 꼼짝도 않고 서 있었습니다.

다음날 저는 친정에 가서 이혼 소송을 준비했습니다. 위자료와 양육비는 원하는 대로 받았습니다.

도대체 제가 무엇을 잘못했던 것일까요?

단지 '싫증났다'는 말 한마디로 남편에게 버림받았습니다. 아무리 많은 위자료를 받았다고 한들, 마음에 깊이 그어진 상처 때문에 하루하루 살아가는 것조차 괴로웠습니다.

반년이 지나서야 간신히 마음을 추스르고 직장을 다니기 시작했습니다. 재혼은 넌더리가 납니다. 똑같은 일이 반복될 것 같습니다. 지금은 직장에서 함께 일하는 연하의 남자를 만나고 있지만 가벼운 관계일 뿐 마음을 주고받지는 않습니다.

해마다 불륜에서 비롯된 이혼이 늘고 있습니다. 모자가정에 대한 지원 제도가 있다고 해도 양육비는 항상 부족합니다. 육아 부담을 고스란히 떠안고 이혼하면 앞날이 막막해 잠을 이룰 수 없습니다.

한동안은 일할 의욕도 나지 않습니다. 그러나 아이의 존재 자체가 사는 힘이 됩니다. 상처가 아물 때까지 당분간 분산연애처럼 가벼운 만남을 유지하는 것이 좋습니다. 기왕이면 레이코 씨처럼 연하의 남자친구가 교제하기 좋습니다. 젊은 남성과 즐거운 시간을 보내다 보면 헝클어진 마음도 가다듬을 수 있습니다. 특히 20대 초반의 남성들은 아직 결혼 생각이 없으므로 만남에 부담이 적습니다.

연하 남성과의 교제는 젊음을 되찾아주는 특효약입니다. 이 교제를 통해 당신은 예전의 젊음과 아름다움을 회복할 수 있습니다. 재혼하고 싶은 마음이 생기면 차분히 상대를 고릅시다.

같은 실패를 되풀이하면 안 됩니다. 여생을 함께 누릴 만한 좋은 사람이 나타나기 전에는 가벼운 마음으로 분산연애를 합시다.

그토록 사랑한 남자가 바람을 피워 헤어졌습니다

나카노 마치코 26세, 도쿄도 조후시

2년 전 미팅에서 그를 만났습니다. 좋아하는 영화배우 오다 유지(영화 「춤추는 대수사선」의 남자 주인공)를 닮은 자상한 사람이었습니다. 크리스마스에 그가 오다이바(도쿄만에 있는 대규모 인공섬으로, 상업 · 레저 · 관광 등 경제활동이 활발한 도시)에서 바다를 바라보며 청혼을 했을 때만 해도 저는 세상에서 가장 행복한 사람이었습니다. 저는 청혼을 받아들이고 우리의 이니셜을 새긴 약혼반지를 손가락에 꼈습니다.

바로 그 순간에 모르는 사람으로부터 문자메시지가 한 통 도착했습니다.

'당신 옆에 있는 남자와 몇 번 같이 잤습니다. 미안해요.'

깜짝 놀라서 그에게 보여줬습니다. 그의 얼굴이 하얗게 질렸습니다.

"무슨 말이든 해봐. 이게 누구야?"

"모르겠는데. 누가 장난 친 건 아닐까?"

"답장을 보내 볼까?"

그는 입을 꾹 다물고 휴대폰만 물끄러미 쳐다보았습니다. 메시지를 작성하고 발송 버튼을 눌렀습니다.

'도대체 누구세요? 우리는 결혼해요. 이상한 장난은 그만둬요.'

그는 주섬주섬 담배를 꺼내 불을 붙였습니다. 금세 답장이 왔습니다.

'내가 누군지는 그가 제일 잘 알 텐데요. 그에게 물어 보세요. 그와 결혼하는 사람은 당신이 아니라 나니까요.'

저는 그 문자를 소리 내어 읽었습니다.

"미안해. 사실은 만나는 사람이 있었어. 하지만 나는 너밖에 없어. 크리스마스에 청혼까지 했잖아. 내 맘을 알아줘."

심장이 멎는 것 같았습니다.

하늘로 붕 떠올랐던 기분은 단 몇 분 만에 절벽 아래로 추락했습니다. 저에게는 그 사람밖에 없었습니다. 그런데 그가 바람을 피우고 있다니요. 도저히 용서할 수 없었습니다. 반지를 빼서 그에게 힘껏 던졌습니다.

"절대로 용서할 수 없어! 다 끝났어."

저는 뒤도 돌아보지 않고 역으로 달려갔습니다.

그 후에 그에게서 수차례 전화와 문자가 왔습니다. 제 분노는 가라앉지 않았습니다. 자꾸 걸려오는 전화가 짜증 나 휴대폰을 해약하고 연락을 끊었습니다.

그의 친한 친구가 여러 번 찾아와 저를 설득했지만 '두 번 다시 만나고 싶지 않다' 고 전해달라고 했습니다. 너무 사랑했던 사람이었기 때문에 도저히 용서할 수 없었습니다.

그 뒤로 남자 만나기가 두려워졌습니다. 예전 같은 연애는 싫었습니다.

"이번엔 진짜 오다 유지 닮은 남자를 소개시켜줄 테니까 다음 주에 미팅하자."

친한 친구가 데이트를 주선해도 망설여졌습니다.

1년이 지난 지금은 3명의 남자와 데이트를 하고 있습니다. 하지만 이 사람들을 사랑하지는 않습니다. 교제는 하지만 마음은 쉽게 열리지 않습니다. 아마 이 상처는 평생 사라지지 않을 것 같습니다.

마치코 씨는 해바라기처럼 한 사람만 바라보는 여성입니다. 이런 사람일수록 연애 공포증에 걸리기 쉽습니다.

사람은 혼자서 살아갈 수 없습니다. 비록 마음을 닫았다 해도 무인도가 아닌 이상 언제까지 사람을 피하며 살 수는 없습니다.

다친 마음을 치료한다는 기분으로 조금씩 교제를 하세요.

한 남자에게 자신의 모든 것을 주는 것이 사랑이라고 믿는 여성이라도 당분간 몸과 마음을 분산시켜서 마음이 치유될 때를 기다리는 게 바람직합니다.

여성은 한 차례 사랑에 실패하면 나 때문에 그가 떠났다고 여기는 경향이 강합니다. 그래서 자책감을 갖게 됩니다.

자신을 긍정해야 합니다. 나아가 주변의 여러 사람에게 당신의 과거를 솔직하게 이야기하세요. 상처는 감출수록 곪기 마련입니다. 끄집어내어 적극적으로 치료해야 합니다. 온화하고 자상한 남성과의 분산연애를 추천합니다.

사랑하던 그 남자, 아내가 있는 사람이었습니다

다케다 미와코 24세, 사이타마현 소카시

그와 나는 각각 자취하며 살고 있었습니다. 우리는 아르바이트 하는 직장에서 만났습니다. 함께 일하는 동안 서로 호감을 느껴 사귀게 되었습니다.

그는 종종 제 집에서 자곤 했습니다. 대개는 평일이었습니다. 주말에는 야간 아르바이트를 한다기에 대수롭지 않게 넘어갔습니다.

하루는 데이트를 마치고 그의 집에 가고 싶다고 졸랐습니다.

"미안. 집안이 너무 더러워서 안 돼. 다음에 청소하면 그때 올래?"

"내가 치우면 되지. 나 청소 잘해."

"아니야, 괜찮아. 미안하잖아. 게다가 옆집이랑 벽이 얇아서 이런 것도 할 수 없고……."

그는 저를 꼭 껴안았습니다.

늘 이런 식으로 넘어갔습니다. 하지만 사귄 지 1년이 지날 무렵 의심이 들었습니다.

어느 금요일 밤, 저는 제 집을 나서는 그를 미행했습니다. 그는 1시간 동안 전철을 타고, 역에서 내려 15분을 걸어가 한 아파트 단지 안으로 들어갔습니다. 저는 전봇대 뒤에 숨어서 숨죽이고 그의 뒷모습을 바라보았습니다. 그가 어떤 집 현관의 벨을 눌렀습니다.
현관문이 열렸습니다.
"아빠, 다녀오셨어요?" 하는
어린 여자아이의 목소리가 들렸습니다.
"응, 아빠야. 아직까지 안 잤어?"
그의 자상한 목소리가 작지만 또렷하게 들렸습니다. 문이 닫혔습니다.
그 집 앞으로 다가가 문패를 보았습니다. 문패에는 그와 그의 아내와 아이의 이름이 새겨져 있었습니다.
그는 자신이 유부남임을 도저히 밝힐 수 없었다며 고개를 숙였습니다. 그를 용서할 수 없었습니다. 우리는 헤어졌습니다.
그를 사랑했던 만큼 충격은 이루 말할 수 없습니다. 눈물샘이 마를 때까지 울고 또 울었습니다. 이 상황을 돌이켜볼 여력이 없었습니다. 아무것도 할 수 없었습니다. 우울증에 걸렸습니다. 죽고 싶었습니다.

다른 남자를 만날 기회도 몇 번 있었습니다. 하지만 그때마다 '또 속는 게 아닐까?' 하는 생각에 진저리가 났습니다.
지금은 그를 잊기 위해 몇 명의 남자와 만나고 있습니다. 같이 식사만 하는 사람도 있고, 영화만 보는 사람도 있습니다.
친구 이상으로 교제하는 상대는 없습니다. 제 마음은 여전히 굳게 닫혀 있습니다. 스킨십도 그렇습니다. 키스까지는 할 수 있어도 그 이상은 싫습니다. 결벽증일까요? 예전 남자친구가 부인과 잠자리를 갖고 있다는 상상만으로도 불결한 기분이 듭니다. 성적으로 문란한 남성을 도저히 받아들일 수 없습니다.
그 사람을 내 남자로 만들려다가 상처를 받은 것 같습니다.
이제부터는 남자를 독점하지 않고, 저 또한 남자에게 독점되지 않으려고 마음을 다집니다. 가볍고 폭넓게 남성들과 사귀어야겠습니다.
물론 연애를 하다보면 다소의 거짓말은 불가피합니다. 하지만 결혼한 사실마저 숨기는 남자는 절대 용서할 수 없습니다.

마음의 상처 때문에 자신의 신체를 괴롭히지 마세요. 자칫 우울증이나 과식증에 걸릴 수도 있고, 심지어 손목을 그을지도 모릅니다.

어떤 여성들은 과거의 상처 때문에 여러 남성과 육체적 관계만 갖기도 합니다. 이 역시 자신의 신체에 큰 상처를 남기게 됩니다.

여러 사람과 두루 만나다 보면 애정 없이 관계를 갖게 되고, 끝내 후회하게 됩니다. 자신의 신체를 함부로 생각하는 여성도 있습니다.

"닳아 없어지는 것도 아닌데 뭐 어때?"

맞는 말입니다. 그러나 몸은 성할지 몰라도 한 가지 닳아 없어지는 것이 있습니다. 사람을 사랑하는 마음입니다.

남편이나 남자친구만으로는 외로움을 채울 수 없는 애정보충형

남자친구나 남편 말고도 다른 여러 남성과 연애를 즐기는 여성을 '애정보충형' 여성이라고 합니다. 이 여성들은 현재의 파트너에게서 얻을 수 없는 애정을 다른 남성을 통해 충족시키려고 합니다. 기존의 관계를 끝내고 싶은 생각은 털끝만큼도 없습니다. 단지 2퍼센트 부족한 목마름을 해소하고 싶은 것입니다.

많은 기혼자가 자녀 때문에 결혼 생활을 유지합니다. 배우자에 대한 애정은 식었지만 아이가 한창 자라는 시기이므로 헤어질 수 없습니다. 잠자리도 갖지 않는 형식적인 부부관계지만 아이에게는 좋은 부모가 되고 싶기 때문입니다.

이성 교재 채팅사이트 게시판에 보면 이런 사례가 많습니다.

'유부남입니다. 삶의 활력소를 원합니다.'

'남편이 관심을 끊어서 옆구리가 시린 여성입니다.'

검은 머리 파뿌리 될 때까지 백년해로하기로 굳게 맹세하고 부부가 되었지만 뜨거웠던 신혼 시절이 지나면서 서서히 소원해집니다. 매일 새로 등록되는 게시글을 보면서 안타까웠습니다. 구천을 떠도는 외로운 영혼들이랄까요. 부부금슬이 돈독하다면 굳이 채팅사이트를 드나드는 일은 없을 것입니다.

오래 사귄 연인들 중에서도 '애정보충형' 이 있습니다. 교제가 장기간 지속되면 만남이 단조로워지고, 그러다 보면 소 닭 보듯이 무덤덤하게 되어 사랑한다거나 예쁘다는 등의 애정 어린 말을 나눌 일도 없어집니다.

특히 애정 표현이 서투른 사람과 교제하면 사소한 일에도 오해가 생겨 관계가 벌어집니다. 처음에는 사소했던 틈이 나중에는 도저히 회복할 수 없는 깊은 골이 되어 끝내 형식적인 만남으로 전락하고 맙니다.

유부녀인 F는 현재 3명의 남자친구와 만나고 있습니다. 그녀의 남편은 가정에 소홀한 채 일에 미쳐 있습니다.

F는 아침 일찍 일어나 식사를 차리고, 자녀의 숙제를 도와주

고, 온 집안을 깨끗이 청소하는 등 아내이자 엄마로서의 역할에 충실합니다. 하지만 무역상사에 근무하는 남편은 해외출장이 잦아 얼굴 볼 시간도 부족합니다.

"단지 따뜻한 말 한마디만 해주기를 바랄 뿐인데……."

그러나 남편은 무뚝뚝합니다. 남편은 그녀의 마음에 귀 기울이지 않았습니다. 그녀는 마음이 허전했습니다.

하루는 여성지를 읽다가 인터넷 채팅사이트에 관한 기사를 보았습니다. 망설인 끝에 사이트에 가입했습니다. 그날 30통의 메일이 도착했습니다. 마음에 드는 몇 명과 메일을 주고받다 보니 얼음장 같았던 마음이 따스하게 녹아내리는 기분이었습니다. 그녀는 그중 한 사람과 오프라인에서 만났습니다. 그 남자는 남편 또래의 샐러리맨으로 그녀를 따뜻하게 안아주었습니다. 어느 날 그가 팔베개를 해주며 말했습니다.

"왠지 요즘 아내한테 거리감이 느껴져."

"나도 그래요. 남편이 가까이 있어도 외로워 죽을 것 같아요."

동병상련을 겪는 두 사람이 서로를 위로합니다. F는 그때의 기분을 이렇게 표현했습니다.

"좀 이상한 비유지만 사람을 죽이는 것과 비슷한 느낌이라고 해야 할까요? 처음에는 너무 떨려서 정신이 없었지만 한 번 관계를 갖고 났더니 다른 사람 만나기가 참 수월했어요."

'애정보충형' 타입의 여성은 처한 환경 때문에 다른 남성을 만날 기회가 적습니다. 그래서 인터넷이나 휴대폰을 이용해서 상대를 찾습니다. 데이트 상대를 찾을 때는 반드시 기혼자임을 밝혀야 합니다. 이혼할 생각이 없다는 것도 분명히 해야 합니다. 뒤탈이 생길 수 있으므로 신중히 고려하고 행동하기를 바랍니다. 설령 문제가 커지더라도 스스로 책임질 수 있는 사람에게만 분산연애를 추천합니다.

아줌마는 연애하면 안 되나요?

와타나베 요코 37세, 교토부 교토시

전업주부가 된 지 11년째입니다.

남편은 은행에 다니고 있습니다. 경제적으로는 안정적이지요. 두 딸이 초등학교에 입학하자 여유가 생겼습니다. 남편의 허락을 받고 오후 3시까지 가까운 식품공장에서 아르바이트를 시작했습니다.

제가 맡은 일은 사원 T의 지시에 따라 상품을 포장해서 출고하는 작업입니다. T는 나이 서른의 젊은 남성으로 외모가 훤칠하여 아르바이트하는 주부들에게 인기를 독차지했습니다. 저 역시 T와 매일 가벼운 농담을 주고받는 동안 어느덧 그에게 호감을 느끼게 되었습니다.

불과 한 달 전입니다. 회사에서 1박 2일로 여행을 떠난다고 했습니다.

"자주 가는 것도 아닌데 뭐 어때? 바람이나 쐬고 와."

남편의 권유도 있고 해서 참가하기로 마음을 정했습니다.

우리는 관광을 마친 뒤 온천에 갔다가 회식 자리를 가졌습니니다. 주량이 약한 저는 금세 취했습니다. 회식 자리가 정리될 즈음 T가 산책이나 하자고 했습니다. 사람들 몰래 현관을 빠져나왔습니다. 우리 둘은 바닷가를 걸었습니다.

"손잡아도 돼요?"

T는 망설이는 제 손을 덥석 잡았습니다.

우리는 벤치에 걸터앉아 좋아하는 영화, 어릴 적 추억 등 이야기를 나눴습니다. 1시간이 지났습니다.

"이제 슬슬 돌아가야겠어요."

이렇게 말하면서 일어나려니까 그가 저를 껴안았습니다.

남편이 아닌 남자에게 안기다니, 결혼 후 처음 겪는 일이었습니다. 온 몸이 후들후들 떨렸습니다.

"사랑해."

그는 사랑의 밀어를 속삭이며 제게 키스했습니다.

머릿속이 새하얘지고 온 몸이 녹아내리는 것 같았습니다.

여관에 돌아와서 침대에 누웠지만 그와의 스킨십이 잊혀지지 않아 좀처럼 잠들 수 없었습니다.

나는 아르바이트를 하면서 외모도 상당히 젊어졌다고 생각합니다.

지금까지 좋은 아내와 좋은 엄마로 집에만 있었기 때문에 외간 남자와 어울릴 기회가 전혀 없었습니다. 이렇게 세상 밖으로 나와 보니 매력적인 남성도 알게 되었습니다.

T를 만난 후부터 아내와 엄마가 아닌 여자로서의 나를 발견했습니다.

목욕을 마치고 남산만큼 튀어나온 배를 흔들며 알몸으로 왔다 갔다 하거나, 소파에 누워 맥주를 마시면서 야구를 시청하는 남편. 분명 저에게는 없어서는 안 될 존재입니다. 그러나 제게 필요한 사람이라는 이유만으로 그를 사랑한다고 말할 수 없습니다. 둘째 딸을 출산한 후, 섹스는 단 한 번도 하지 않았습니다. 남편도 요구하지 않았고, 저도 남편에게 안기고 싶은 마음이 없었습니다. 이대로는 여자로서 살기 어렵다는 생각이 듭니다.

세상의 반은 남자입니다. 우리는 그 남자들 가운데 소수의 사람과 만나 연인이나 부부의 관계를 맺습니다. 머리부터 발끝까지 만족스러운 남자를 찾은 사람은 정말 행운아입니다. 하지만 과연 완벽한 남자가 세상에 존재할까요? 만일 그의 단점이나 나쁜 버릇, 사소한 불평불만을 마음으로 받아들일 만큼 깊이 사랑한다면 평생 행복한 관계를 유지할 수 있습니다.

반면 깨지는 커플도 많습니다. 연간 12만 쌍, 4분에 한 쌍 꼴로 이혼하는 시절입니다. 평생 한 사람만 바라보며 살 수 있다고 믿고 결혼했는데 내 마음조차도 뜻대로 되지 않습니다.

'이혼할 마음은 없다. 그러나 사랑의 애틋한 감정도 느끼고 싶다.'

그저 욕심 많은 여성이라고 치부해야 할까요? 여성으로서의 젊음을 유지하는 일도 소중하지 않을까요? 마음만을 주고받는 분산연애는 괜찮습니다. 육체적인 관계로 나아갈 것인지 말 것인지는 본인의 판단에 맡깁시다.

여자친구가 있는 남자를 사랑하게 되었습니다

후지이 유카 32세, 도쿄도 츄오구

2년 전 한 조각가의 제자가 되었습니다. 선생님을 사랑하게 되었고, 함께 밤을 보내는 날이 많아졌습니다. 그는 저보다 10살이 많습니다. 엄격함과 다정함을 동시에 갖추고 있는 이상적인 사람입니다. 스승으로서도, 남자로서도 존경할 만한 사람입니다.

저는 그의 모든 것을 원했지만 그것은 불가능합니다. 그에게는 3년간 사귀고 있는, 저보다 나이 어린 여자친구가 있었습니다.

어느 날, 그녀가 작업실에 불쑥 찾아왔습니다.

그녀는 우리의 관계를 눈치 챈 듯 따지고 들었습니다.

"둘이 사귀고 있죠? 당신, 이 여자랑 나 둘 중에 어느 쪽이 더 좋아?"

그는 어리석은 질문이라는 투로 말했습니다.

"바보같이. 너는 내 여자친구야. 이 사람은 업무상의 파트너일 뿐이고. 질투 같은 건 할 필요 없어."

그는 여자친구를 상냥하게 껴안고 머리를 쓰다듬으며 달랬습니다. 그녀는 눈물이 그렁그렁한 눈으로 제게 말합니다.

"괜한 의심을 해서 미안해요."

그렇게 그녀가 돌아간 뒤 그는 아무 일도 없었다는 듯이 저를 안았습니다.

"아까는 미안했어. 아직 어린애잖아……."

저는 그를 스승으로서 존경하고 있고, 속궁합도 좋습니다. 그러나 그는 여자친구를 사랑합니다. 그 무엇으로도 마음만은 얻을 수 없습니다. 그는 제게 없어서는 안 되는 큰 나무와 같습니다. 그러나 줄기만 있고 잎이 없는 앙상한 나무에 불과합니다. 줄기만으로는 제 마음을 채울 수 없습니다. 외로움을 견딜 수 없어 연하의 남자를 찾아 나섰습니다.

지금은 친구 소개로 알게 된 아마추어 뮤지션, 연극배우, 대학생 이렇게 3명과 분산연애를 하고 있습니다. 각자 꿈을 갖고 하루하루 목표를 향해 열심히 살아가는 사람들입니다. 그들 덕분에 외로움을 달래고 있습니다. 그래서 힘이 닿는 한 무엇이든 돕고 싶습니다. 금전적인 원조는 할 수 없지만, 공연이 있을 때에는 친구에게 티켓을 팔거나 홈페이지를 만들어서 홍보를 돕습니다. 그들도 저에게 의지하고 있습니다.

젊은 남자와 데이트할 때에는 잠시나마 그 사람을 잊을 수 있습니다. 공허한 마음을 채우기 위해 오늘도 또 다른 남자와 데이트합니다. 사정을 아는 친구는 적극적이고 단호하게 행동하라고 충고합니다.

"그걸로 만족해? 그 여자한테서 빼앗으면 되잖아?"

저는 지금의 연애 스타일에 만족합니다.

그에게서 얻을 수 없는 사랑을 다른 여러 명의 남자를 통해 채우고 있기 때문입니다. 제가 필요한 것은 이 큰 나무 아래 쉴 수 있는 그늘뿐입니다. 지금은 안정된 나날을 보내고 있습니다.

한 남자에게 사랑받으며 사는 것은 여자로서 행복한 삶입니다. 그러나 원하는 사랑을 이룰 수 없을 때는 다른 남성을 만나는 것도 한 방법입니다. 옆에서 보면 가슴 아픈 일이지만, 유카 씨는 자신이 처한 상황을 긍정적으로 바라보며 밝게 살아가고 있습니다.

꿈을 가진 연하의 남성들과 데이트를 즐기며 연상의 남성에게서 기대하기 어려운 활력소를 얻고 있기 때문이지요.

마음을 안정시키기까지 힘든 나날의 연속이었을 것입니다. 이런 고민이 있었기에 새로운 연애 방식도 존재한다는 사실을 깨닫게 되고, 더 이상 스스로를 괴롭히지 않게 됩니다.

최소한 그 조각가는 유카 씨를 비즈니스 파트너로서 필요로 합니다. 사랑하는 사람에게 도움이 된다는 것은 행복한 일입니다. 누군가가 자신의 손길을 필요로 한다는 사실만으로 자신의 가치를 발견하게 됩니다.

또한 연하의 남성들도 유카 씨를 의지합니다. 이렇게 신뢰를 바탕으로 관계를 가꾸어 가면 언젠가 보람을 찾을 때가 찾아올 것입니다.

남편이 발기불능입니다

미치바 가나코 33세, 후쿠오카현 기타큐슈시

남편은 평범한 회사원입니다. 성격이 온순하며 수입도 안정적입니다. 초등학교 2학년인 아들에게도 때로는 엄격하고 때로는 자상하게 대하는 모범적인 아버지입니다. 그러나 한 가지 불만스러운 점이 있습니다.

남편은 갓 서른 넘긴 나이에 발기부전증에 걸리고 말았습니다. 가끔 아이를 재운 뒤에 성인 비디오를 보는 것으로 봐서는 성욕은 있는 것 같습니다. 하지만 성 기능은 약합니다.

우리 부부는 지난 8년간 성생활을 누리지 못했습니다. 섹스란 성기를 삽입하는 것이 전부는 아니라고 생각합니다. 다른 방법으로도 얼마든지 저를 만족시켜줄 수 있을 텐데……. 하지만 남편은 언제나 등을 돌립니다. 여성의 성에 대해 무지한 듯했습니다.

저는 몰래 야한 소설이나 순정만화를 보며 욕구불만을 해소했습니다.

'삽입하지 않아도 좋아요. 꼭 안아주고 키스라도 좋아요. 오

럴섹스 정도는 가능하잖아요.'

이렇게 말하고 싶었지만 차마 입 밖으로 꺼내지 못했습니다.

육체적 외로움은 고스란히 마음의 외로움으로 연결됩니다. 부부 사이에 육체적 교류가 없다 보니 함께 있어도 멀리 있는 사람처럼 느껴집니다.

거울을 볼 때마다 깜짝 놀랍니다. 검버섯이며 자글자글한 잔주름까지 이게 30대 여성의 얼굴인가 싶습니다. 속절없이 늙어가는 것 같아 서글퍼집니다. 문득 '내 얼굴이 망가졌기 때문에 남편에게 신체적인 이상이 생긴 것은 아닐까?' 하는 생각도 듭니다.

제 삶이 이대로 스러지는 것은 아닌지 두려움이 생겼습니다. 누군가에게 안기고 싶었습니다.

인터넷에 접속하기 시작했습니다. 인터넷 세계는 저를 바꾸어 주었습니다.

아이를 재우고 나서 남편이 귀가하기 전까지 혼자만의 시간을 갖습니다.

그 시간 동안 채팅사이트에 접속해서 제 욕구불만에 대해 여러 남자들과 대화를 나눕니다. 어디에 사는지, 어떤 일을 하는지 모르는 남자들과 말입니다.

"남편은 섹스리스예요. 이렇게 사는 게 무슨 의미인지 모르겠어요."

남자들은 욕구불만 상태에 있는 제게 관심을 기울였습니다. 사이버 상의 섹스였지만 온몸이 달아올랐습니다. 그러던 어느 날, 한 남성에게서 데이트 신청을 받았습니다.

데이트가 무엇을 뜻하는지 알고 있습니다. 용기가 나지 않았습니다. 남편이 버젓이 있는데 다른 남자에게 안길 수는 없었습니다.

채팅사이트를 통해 낯선 남성과 야한 대화를 나누거나 위로 받는 것으로 잠시지만 연애 감정을 느낄 수 있었습니다. 욕구불만도 조금 해소되었습니다. 그런데 남편과 사별할 때까지 기다리자면 저는 꼬부랑 할머니가 되어있을지 모르겠네요.

남성은 30대 이후 성 기능이 급격히 떨어지지만 반대로 여성의 성은 깊은 잠에서 깨어납니다. 가정을 소중히 여기는 얌전한 스타일의 여성이므로 육체적 욕구를 남편에게 말하지 못하고, '내가 이상한 것이 아닐까' 하고 고민합니다.

부부의 성생활을 낱낱이 조사하여 그 실상을 밝힌 《이웃집의 침실》을 보면 대부분의 부부는 섹스와 관련된 문제를 공유하지 못하고 그 결과 이혼에 이르는 경우가 많다고 합니다. 부부관계에서 가장 중요한 섹스 문제를 부부가 서로 상의하고, 서로의 욕구를 만족시켜 줌으로써 원만한 부부관계를 유지할 수 있습니다.

어느 채팅사이트의 남성 회원이 말했습니다.

"유부녀의 성욕은 끝이 없습니다. 혼자로는 도저히 감당할 수 없습니다. 특히 애정을 갈구하기 때문에 정신을 바짝 차리지 않으면 아주 성가신 일이 됩니다. 이혼할 테니 나랑 결혼하자고 조르는 경우에는 참으로 난감합니다."

욕구불만을 채우기 위해 온라인을 드나들던 여성이 오프라인으로 관계를 발전시키는 일이 비일비재합니다.

우선은 남편과 대화를 통해서 해결을 시도하는 것은 어떨까요?

결혼을 전제로 만나는 남자 말고 가볍게 교제 중인 사람이 있어요

마쓰나가 노리코 28세, 지바현 나리타시

5년째 사귀는 회사원인 남자친구가 있습니다. 그는 결혼하고 싶어 합니다. 그러나 저는 일에 재미가 붙어서 당장 결혼하고 싶은 마음은 없습니다. 그가 싫어진 것은 아니지만 연애 기간이 지속되면서 권태기가 찾아온 듯합니다. 서로에 대해 속속들이 알고 있는데다 요즘 잠자리도 전혀 색다른 느낌이 없습니다.

남자친구 몰래 새로 두 남자와 교제하고 있습니다. 한 사람은 단골 바의 매니저입니다. 고민을 털어놓으며 이야기를 주고받다 보니 자연스럽게 개인적인 만남이 잦아졌습니다.

다른 한 남자는 연하의 대학생. 외모는 평범하지만 제가 곤란을 겪을 때 자기 일처럼 도와주는 사람입니다. 남자친구는 일종의 보험이 아닐까 싶습니다. 지금은 일 때문에 바쁘지만 때가 되면 결혼도 하고 아이도 낳고 싶습니다. 경제적인 안정도 무시할 수 없습니다.

바의 매니저는 오빠 같은 존재입니다.

저는 외동딸로 자랐기 때문에 지속적으로 의지할 수 있는 오빠를 원했습니다. 회사 문제로 고민을 털어놓으면 매니저 남자친구는 제가 납득할 수 있는 답을 주곤 합니다.

제 인생을 놓고 보면 반드시 필요한 사람입니다. 그러나 결혼상대는 아닙니다. 부모님을 안심시키기 위해서도 직장이 안정적인 회사원 남자친구와 결혼하고 싶습니다.

대학생 남자친구는 '애완남' 입니다.

지치거나 힘들 때 만나면 피로가 풀릴 때까지 마사지를 해주고, 제가 좋아하는 아티스트의 음악을 MP3에 저장해주거나 콘서트 티켓을 대신 예약하기도 합니다.

3명과 모두 섹스도 즐깁니다.

결혼을 염두에 둔 남자친구는 섹스에 미숙한 남자입니다. 속궁합도 결혼을 주저하게 만드는 요인입니다.

결혼 후에는 남자관계를 정리하고 일편단심 남편만 사랑하고 싶습니다. 그러나 회사원 남자친구가 제 모든 욕구를 채워줄 수 있을까요. 이 남자와 결혼하면 바람을 피울지도 모른다는 생각이 듭니다.

오직 남편만을 알던 옛날에는 혼전 성관계가 드물었기 때문에 남성들을 비교할 일도 없었습니다. 일생을 한 남자의 아내가 되어 사는 것이 여성의 삶이었습니다. 그러나 시대가 변했습니다. 최근의 높은 이혼율은 흔히 말하는 것 이상으로 속궁합이 중요한 요인이 아닌가 싶습니다. 당장 독신 시절의 황홀한 성 경험과 비교되기 때문에 무미건조한 부부관계에 싫증을 느끼지 않을까요?

매니저 남자친구의 주위에는 여자가 많습니다. 그만큼 솜씨가 좋다는 뜻이 아닐까요? 저 역시 그와의 섹스가 가장 만족스럽습니다. 그의 손길에서 쉽게 떠날 수 있을 것 같지 않습니다.

연하의 대학생은 서투르지만 힘이 좋고 야성미가 넘칩니다.

3명의 남자친구는 모두 제게 소중한 사람입니다.

"바로 너 같은 사람을 바람둥이라고 하는 거야. 남자친구에게 미안하지 않니?"

친구가 자주 핀잔을 줍니다. 떳떳한 입장은 아닙니다. 그러나 3명의 남자친구 덕분에 제 인생에 처음으로 원하는 것을 다 누리고 있습니다. 지금이 제 삶에서 가장 좋은 시기라고 생각합니다. 물론 회사원 남자친구가 제게 가장 소중한 사람입니다. 반면 매니저 오빠와 대학생 동생은 미래가 불확실하지요.

제 욕심이 지나친가요?

결혼을 전제로 사귀는 남자친구가 있는데도 새로 남자친구들을 사귀는 사람들이 늘고 있습니다. 이런 여성 중에는 반대로 자기 남자친구의 바람기는 용납하지 못하는 사람도 있습니다. '내 것은 내 것, 네 것도 내 것' 이라는 욕심쟁이입니다. 남자친구에게는 자기만 바라보게 하면서 동시에 자신은 여러 남성을 사귀며 마음을 채우려고 하기 때문에 능력 있는 여성이라고 볼 수도 있습니다.

제 친구 중에도 이런 스타일이 있습니다. 옆에서 보노라면 친구의 행동에 감탄하지 않을 수 없습니다. 어찌나 철저하게 생활을 관리하는지 남자친구는 전혀 의심하지 못하는 모양입니다. 관계를 유지하기 위해서는 거짓말에 능숙해야 합니다.

때로는 여자친구들에게 도움을 청해 알리바이를 만들기도 합니다.

이런 일에 도움을 주는 것이 바람직한 우정인지 모르겠습니다. 그러나 남자친구 몰래 즐기는 연애 덕분에 생기 있는 삶을 사는 친구를 보노라면 엉겁결에 거들게 됩니다.

결혼을 전제로 만나는 남자친구가 완벽한 남자라면 분산연애는 필요 없습니다. 그러나 그런 남자를 만날 가능성은 얼마나 될까요?

친구 입장에서 이 줄타기 같은 관계가 들통 나지 않기를 바랄 뿐입니다.

사랑은 좋지만 결혼은 싫은 자유분방형

"결혼이 나에게 행복을 가져다줄까? 주위를 둘러봐도 배우자 때문에 못 살겠다는 사람이 많은걸. 나는 평생 독신으로 행복하게 살 거야. 누구에게도 구속되지 않고 자유롭게 여러 사람을 만나면서 말이야."

결혼에 관심을 두지 않고 독신 생활을 즐기는 여성들이 있습니다.

결혼 적령기를 넘겨 30대에 접어들었지만 당당하게 일과 생활 모두 즐기는 독신 여성이 늘었습니다.

젊었을 때부터 차곡차곡 돈을 모으고, 경기가 어려운 시기에도 펀드에 투자하거나 아파트를 구입하는 등 항상 에너지 넘치는 삶을 영위하는 여성들입니다.

이 타입의 여성들은 자신의 소신대로 연애를 이끌어갑니다. 남들이 보면 탐욕스러워 보일 만큼 남녀관계에서도 의욕적입니다. 경제적인 능력도 뒷받침되고, 술자리도 당당하게 다니며, 먼저 남자를 고르는 등 과거의 여성적인 스타일과는 거리가 멉니다. 이 부류의 여성들은 남성이 접근하길 기다리는 사람이 적고 마치 사냥꾼처럼 남성에게 먼저 말을 겁니다. 이 사회에서 혼자 살아가려면 그만큼 자신감이 필요합니다.

자유분방형의 여성끼리 나누는 대화는 흥미진진합니다.

"그런데 최근 언제 해봤어?"

"으응, 어제."

"누구랑?"

"커피샵의 알바생인데 굉장히 귀엽게 생겨서 내가 꼬셨지. 10살 연하의 대학생이야."

"그래서 바로 했어?"

"당근이지. 그런데 역시나 조루더라고. 어쩔 수 없지 뭐. 젊으니까."

육체적인 관계를 위해 남성들과 잠시 만나는 사람도 있으나

오랫동안 남자친구와 교제 중인 사람도 적지 않습니다.

"따로 남자친구가 있긴 하지만 서로 시큰둥한 관계야. 일단 기댈 곳이 있으니까 든든하지. 하지만 결혼할 생각은 없어. 그럴 필요성을 못 느껴. 내가 연봉도 더 많아."

"결혼하면 지금보다 가난하게 살 것 같아서 싫어. 그는 지방 출신인데 나중에 내려가서 살고 싶대. 내가 살던 도시를 떠나서 사는 것도 꺼려지고, 시부모님을 모시고 사는 일이라면 더 싫어. 결혼하고 싶으면 부모님이 소개해주는 여자를 만나보는 게 어떠냐고 남자친구에게 얘기했어."

기가 세고 당당한 여성들입니다. 능력 있는 여자에게 결혼은 그다지 매력적인 일은 아닙니다. 어쩌면 주위에서 불행한 기혼 여성을 많이 접했기 때문일지도 모릅니다.

"좋아하는 남자들과 연애도 즐기고 섹스도 하고 싶어. 결혼하면 그럴 수가 없잖아. 부도덕한 여자라는 오명도 싫고, 위자료를 뺏기게 되는 일도 겪고 싶지 않아. 그래서 결혼이 싫은 거야. 자유로운 독신, 얼마나 좋아!"

이처럼 성적인 즐거움을 위해 연애를 하는 여성도 있습니다.

과거 남자들의 전유물이었던 연애 방식이 이제는 여성에게도 그 오랜 금단의 문을 열었다고 생각하는 것입니다.

"결혼하면 매일 똑같은 남자와 만나야 하잖아요. 매일 똑같은 빨래며 식사 준비, 주말에는 뻔한 외식이나 해야 하다니…….
상상만으로도 진저리가 납니다. 나는 새로운 사람과의 만남을 즐겨요. 물론 마음이 쏠리는 남성은 있어요. 그러나 누군가 제 옆에 항상 붙어 있다는 생각만으로도 끔찍해요."

이처럼 쿨(cool)한 만남을 선호하는 여성도 있습니다. 오랫동안 여러 이성과 두루 교제한 나머지 더 이상 한 사람에 의지하는 삶을 살 수 없게 된 여성들입니다.

"나는 말이야, 아직 내 자신이 엄마가 될 준비가 되었다고 생각지 않아. 애를 낳고 기를 생각을 하니 앞날이 막막해. 그냥 지금처럼 여러 남자를 바꿔가며 만나는 게 체질에 맞는 것 같아."

육아에 대한 부담을 피하려는 여성도 증가 추세에 있어, 앞으로 일본의 출생률은 쉽게 나아지기 어려울 것 같습니다. 섹스는 즐겨도 임신은 꺼리는 것이 오늘날 여성들의 현주소인 듯싶습니다.

자유분방한 여성들은 능동적으로 사람들과 교류에 나섭니다. 업무와 관련된 동호회나 각종 이벤트에 참석하기도 하고, 스스로 미팅 계획을 잡기도 합니다. 또, 다른 여성들과 다양한 네트워크를 유지하기 때문에 멋진 남성과 만날 기회가 많습니다. 당연히 멋진 남자를 발견하면 남자의 접근을 기다리지 않고 먼저 말을 걸면서 연애를 시작하기도 하지요.

"괜찮으시면 휴대폰 번호 가르쳐 줄래요?"

단 한 번뿐인 인생, 여러 남자와 잠자리를 갖고 싶습니다

도미오카 미나 32세, 시가현 오쓰시

3년 전에 남편이 바람을 피워 이혼했습니다.

어린 자식을 데리고 나오려니 앞이 막막했습니다. 일반사무직 여성이 받을 수 있는 월급은 쥐꼬리보다 작아서 생활비 대기에도 빠듯했습니다. 혼자 애를 키울 생각에 매일 밤 눈물로 베개를 적셨습니다.

탈출구가 필요했습니다. 혼자서는 감당하기 힘들었습니다. 마침 인터넷 커뮤니티를 알게 되었습니다. 싱글맘과 싱글대디를 위한 커뮤니티였는데 함께 등산도 다니거나 육아 정보를 공유하는 모임이었습니다.

여름방학이 되자 모자가정 7팀, 부자가정 3팀이 모여서 캠프를 가게 되었습니다.

아이들은 신이 나서 떠들고 까불더니 금세 허물없는 친구가 되었습니다. 부모들도 초면이었지만 맥주를 마시면서 대화하는 동안 오랜 친구들처럼 편해졌습니다.

여름방학 캠프를 계기로 저는 부자가정 아버지 3명과 알게 되었고, 이메일을 주고받기에 이르렀습니다.
그리고 그중 한 사람과 성관계를 가졌습니다. 남편과 헤어지면서 두 번 다시 누군가와 만나는 일은 없을 것이라고 다짐했습니다. 그런데 한번 다른 남성과 잠자리를 갖고 나니 뜻밖에도 활력을 되찾았다는 느낌이 들면서 마음이 가벼워졌습니다. 한번 선을 넘은 저는 차례로 다른 아버지들과도 관계를 맺었습니다.
제 인생에 남자라고는 남편을 포함해서 단 2명밖에 없었습니다. 그런데 지난 한 달 사이에 3명과 관계를 가졌습니다.
물론 섹스가 전부는 아니었습니다. 서로의 인생 경험을 주고받거나 가볍게 포옹하는 것만으로 위로받는 느낌이었습니다.
'남성에게 안길 수 있는 건강한 몸도 있고, 일에도 활력이 생긴다. 장래를 너무 걱정하지 말고 현재를 누리면서 살아갈 수 있지 않을까?' 제 삶을 긍정적으로 바라보기 시작했습니다.
제게 남은 것은 자식이 전부라고 여겼습니다. 남편에게 짓밟힌 자존심도 있었습니다. 남성에게 의존하는 삶은 싫었습니다. 그러나 가끔은 누군가에게 안기고 싶습니다. 남들에게는 털어놓지 못하지만 지금 저는 섹스를 즐기고 있습니다. 다양한 사람과 성관계를 나누며 인생을 누리고 싶습니다. 지금까지 흘린 눈물로 충분합니다. 이 정도는 제게 용납된 게 아닐까 생각하고 있습니다.
물론 아무 남자나 만나지는 않습니다. 연하의 남성은 거북스럽습니다. 저보다 인생 경험이 풍부한 사람을 선호합니다. 고생도 겪고, 어려움도 극복한 성숙한 남성에게 마음이 끌립니다. 무엇보다 최소한 만나는 동안 서로 연인인 듯 연애감정을 느끼는 사람이면 좋겠습니다.
최근 '섹스 의존증' 이라는 말을 알게 되었습니다. 제 존재감을 확인받기 위해 누군가의 품에 안기고 싶은 것일지 모르겠습니다.

이혼은 괴로웠고, 싱글맘으로서의 삶은 힘들고 불안했습니다. 이런 가운데 남성을 만나 성관계를 맺으면 마음이 한결 편안해집니다. 이때의 경험이 뇌에 각인되어 보다 강렬한 섹스를 원하게 됩니다. 본인이 자각하고 있듯이 이 여성은 '섹스 의존증' 이라고 할 수 있습니다.

그러나 몸을 함부로 굴리는 여성이 아니므로 이 역시 분산연애라고 할 수 있습니다. 이제 분산연애를 시작한 지 얼마 안 되었지만 성적 결합과 연애 감정을 동시에 추구하므로 몸도 마음도 안정을 찾을 수 있습니다.

제 친구 중에도 '섹스 의존증' 인 여성이 있습니다. 그러나 그녀는 성적으로 문란한 파티에 참석하는 등 육체적인 성관계만 추구합니다. 더욱이 낯선 남자의 품에 안겨 눈을 꼭 감고 옛날에 좋아하던 사람을 떠올리며 '사랑해' 하고 중얼댄다고 합니다. 사태가 이 지경에 이르면 정서적으로 불안정한 상태임을 뜻합니다. 그러나 사례의 여성처럼 상대 남성을 가려서 만날 수 있다면 정상적인 연애라고 볼 수 있습니다.

마음이 통해서 성관계를 즐기는 것이 바람직한 연애입니다. 설령 여러 남성의 품을 오가더라도 말이지요.

연하의 남성을 만나면 활기를 되찾아요

가미오카 요시토모 31세, 도쿄도 스기나미구

저는 친한 친구들 사이에서 남성 경험이 적고 성실한 여성으로 알려져 있습니다. 친구들은 서른 살이 넘도록 로맨틱한 추억 하나 없는 저를 걱정해주며 가끔 미팅에 끼워주곤 합니다. 만나는 상대는 30세 전후의 회사원이 대부분이었습니다. 그러나 저는 한 번도 애프터 신청을 받은 적이 없었습니다. 2차에는 아예 발길도 주지 않고 혼자서 후다닥 모임을 빠져나왔습니다.

저를 챙겨주는 친구에게는 미안한 마음입니다. 그러나 비슷한 연령의 남성은 왠지 모르게 꺼려지고 심지어 같은 자리에 앉아 있는 것도 견디기 힘들었습니다. 저는 연하의 남자 외에는 흥미가 없습니다. 특히 꿈을 향해서 삶을 불태우는 남자여야 합니다.

휴일 전날에는 혼자 라이브 클럽에 갑니다. 무명의 밴드를 보러 가는 것입니다. 라이브 클럽에는 사람도 적고 무대도 가까워 손님과 밴드가 서로 얼굴을 마주 봅니다. 공연이 끝나고 밖에서 기다리고 있으면 멤버가 뒤풀이에 가자며 말을 겁니다. 그러면 주저하지 않고 기쁘게 따라나섭니다.

그들은 벌이가 신통치 않기 때문에 제가 전부 계산합니다. 멤버 가운데 끌리는 청년에게 휴대폰 번호를 가르쳐줍니다.

먹고사는 일도 녹록치 않은 처지들이므로 얼마 뒤 문자가 옵니다.

맛있는 음식도 사주고 무대 의상까지 맞춰주면 자연스럽게 잠자리까지 가게 됩니다.

섹스가 유일한 목적이 아닙니다. 그들에게 힘이 되고 있다는 사실이 즐겁습니다.

이번에는 인기 없는 극단의 단원에게 접근합니다. 어쩌면 가까운 미래에 스타가 될지도 모르는 배우들을 물색합니다. 감춰진 보석을 찾는 기분으로 극장을 순회합니다.

사이가 가까워지면 그들로서는 엄두도 못 내는 고급 레스토랑으로 초대하여 맛있는 음식을 대접합니다. 아주 비싼 초밥집에 데리고 간 적이 있는데, 어찌나 기뻐하던지 저 역시 감격했습니다.

저는 부자는 아닙니다. 경제적으로 넉넉하게 지원할 수 있는 입장은 아닙니다. 그러나 최소한 그들에게는 후원자가 될 수 있습니다.

공연 티켓이 남아돌 때는 제 친구에게 팔기도 합니다. 한겨울 추위 때문에 연습하기 어렵다고 하면 안 쓰는 스토브를 주기도 합니다.

친구로부터 종종 피부가 좋다는 소리를 듣습니다.

"비결이 뭐니? 피부가 어쩜 그렇게 애기 같아? 무슨 화장품 쓰는 거야?"

화장품은 길거리에서 나눠주는 샘플을 쓰고, 세안도 잘 안 하는 편입니다. 그러나 확실히 피부 트러블로 고민한 적은 없습니다.

20대 초반의 한창 젊은 남자와 섹스를 하면 화장품 따윈 필요 없을 만큼 피부에 윤기가 흐릅니다. 얼굴에 주름이나 기미 같은 건 없습니다. 연하의 남성은 제 전용 마사지사라고 해야 할까요.

저는 하룻밤의 불장난은 싫습니다. 마치 엄마의 심정이 되어 그 남자가 어떻게 성장하는지 지켜보는 기분이 좋습니다.

지금은 3명의 꿈을 가진 청년들과 만나며 서로의 미래를 지탱해주는 관계를 유지합니다.

섹스는 에너지를 주고받는 행위입니다. 과거에는 주로 남성들이 자신보다 어린 여성과 관계를 갖는 것이 상식이었습니다. 그러나 이제는 당당히 여성들도 젊은 남성을 선호하는 시대가 되었습니다. 단지 남들에게 당당하게 밝히는 일만 남았다고 할 수 있습니다.

사례의 여성은 꿈을 향해 도전하는 젊은 남성을 지원하면서 사랑의 보람을 느끼고 있습니다. 만나는 남성들도 자신들의 성공이 여성의 사랑에 대한 보답이라고 생각하고 최선을 다할 것입니다.

연애에는 여러 형태가 있습니다. 요즘 결혼이 연애의 끝이 아니라고 깨닫는 서른이 넘은 독신 여성이 늘고 있습니다.

그러나 띠 동갑 연하 남성은 자칫 제비족이 될지도 모릅니다. 식사에 초대받는 것이 당연하다는 투로 나오면 그때는 주의해야 합니다. 아무리 마음에 드는 연애 상대라도 제비족 스타일의 남성이라면 그들은 여러분을 마치 꺼내 쓰기 편리한 지갑과 같이 여깁니다. 그의 꿈과 에너지를 사랑해서 만난 것이 결과적으로 응석받이로 키울 수 있으므로 가수나 배우는 커녕 평범한 아르바이트생을 만들지도 모릅니다. 대개 이런 경우 계속 만나기도 헤어지기도 애매한 사이가 되기 십상입니다.

저는 마조히스트입니다

도키 사나에 29세, 도쿄도 신주쿠구

29살의 직장 여성입니다. 학창 시절부터 쭉 한 남자와 교제했습니다.

친구들은 차례차례 결혼을 하는데 그는 기다리고 기다려도 청혼을 하지 않았습니다.

용기를 내어 결혼에 대해 이야기해도 그는 늘 도리질을 칩니다.

"너무 이르지 않아?"

만나기만 하면 결혼하자고 졸랐더니 제게 싫증을 느낀 것일까요. 그 뒤로는 관계가 소원해졌습니다.

그러다 작년 그가 헤어지자고 했습니다. 매달려보았지만 이미 때가 늦었습니다.

마음을 진정시킬 수 없어 인터넷 채팅에서 알게 된 남성에게 제 이야기를 털어놓았습니다. 그렇게 대화를 주고받는 사이 남자로부터 데이트 신청을 받았습니다. 마음이 끌린 것은 아니지만 외로움을 잊고 싶어서 데이트에 응했습니다.

"섹스는 하지 않을 테니까 모텔에 가자."

그 남성은 보통의 남성과 달리 삽입이 아니라 여성을 구속하고 괴롭히는 데서 흥분을 얻는 사디스트였습니다.

신선한 충격이었습니다. 그에게 끈으로 매여 심한 욕설을 듣는 동안, 상처받은 제 마음이 조금씩 아물어갔습니다. 제게 이런 성적 취향이 있었다고는 꿈에도 몰랐습니다.

이 남성에게 SM잡지를 한 권 받았습니다. 읽다 보니 좀더 색다른 플레이를 체험하고 싶었습니다.

마침 잡지 펜팔 코너를 통해 한 남성을 알게 되었습니다. 제가 경험치 못한 플레이를 즐긴다고 하여 재미삼아 만나 보기로 했습니다.

내용은 생략하겠습니다. 단지 상상을 초월한 행위였다는 점, 그래서 비명을 지르고 도망칠 수밖에 없었다는 점만 밝힙니다.

실상 저는 머리부터 발끝까지 마조히스트는 아니고 약간 그런 경향이 있는 정도였습니다.

그 경험 뒤로는 제 타입에 맞는 남성과 알게 되었습니다.

그 사람은 제가 원하는 대로 저를 대해주었습니다. 관계가 끝난 뒤에도 머리카락을 부드럽게 쓰다듬어주거나 내가 잠들 때까지 곁을 지켜주었습니다.

이후로도 채팅을 통해 다른 남성을 알게 되었고 지금처럼 가끔씩 만납니다.

이 두 사람과는 단순히 SM(사디스트와 마조히스트)의 관계에서 그치지 않고 각각 애정을 갖고 사귀고 있습니다.

그들에게 꽁꽁 묶여 매질을 당하는 동안에는 살아 있는 느낌을 실감할 수 있습니다.

하루는 제가 어떻게 마조히즘에 흥미를 느끼게 되었는지 스스로 돌이켜본 적이 있습니다.

지금까지 7년 동안 한 사람의 남자만 바라본 끝에 버림을 받았던 과거가 떠올랐습니다.

여전히 그를 원망하는 제 모습도 알게 되었고, 앞으로도 이 분노는 사그라지지 않으리라는 생각도 듭니다. 이 상처를 치유하기 위해서는 제가 살아 있다는 사실을 피부로 느껴야 했습니다. 그런데 저의 경우에는 육체적인 고통을 통해서 제가 살아 있음을 실감할 수 있습니다.

지금 사귀고 있는 두 사람의 남성과 SM 행위를 나누는 동안 저는 사랑을 느낄 수 있습니다.

설령 한 사람이 제 곁을 떠나더라도 아직 한 사람은 남아 있습니다. 또 다시 혼자 남겨지고 싶지 않아 여러 명과 교제를 지속할 생각입니다.

나아가 이들보다 저랑 잘 맞는 상대가 있다는 생각에 요즘도 채팅사이트에서 상대를 물색합니다.

SM이라고 하면 고통을 주고받는 행위를 통해 쾌감을 얻는 것이라고 오해하는 경향이 있습니다. 그러나 그 세계는 말로 설명키 어려운 정신적인 신뢰감을 바탕으로 성립합니다. 사례에 나오는 여성처럼 애정 없이는 관계를 존속할 수 없으므로 여러 명의 SM 파트너와 만나는 일도 분산연애의 하나라고 생각합니다.

자신과 궁합이 딱 맞는 파트너는 일반적인 연애 상대보다도 찾기 어렵습니다. 신뢰 없이 플레이를 강행하면 치명적인 부상을 입는 일도 잦으므로 주의해야 합니다.

SM 플레이에는 목을 조이는 등 위험천만한 행동도 따르는데 이때 의식을 잃어 앰뷸런스로 옮겨진 예도 종종 보고됩니다.

위험이 따르는 행위에서 만족감을 찾기보다는 정신적인 유대감이 우선입니다. 첫 만남부터 관계를 갖지 말고 식사라도 나누면서 천천히 대화하여 상대가 어떤 사람인지 먼저 아는 것이 순서입니다.

한 남자에게 구속되기 싫어요

오사다 유키코 22세, 지바현 마쓰도시

제게는 3명의 남자친구가 있습니다. 어쩌면 저야말로 나쁜 여자가 아닐지 모르겠습니다. 3명 모두 친구의 남자친구이기 때문입니다. 친구로부터 남자친구를 소개받으면 제 속에 숨은 또 다른 제가 이렇게 속삭입니다.

"빼앗아 버려."

저는 외모에 자신이 있어 남성들은 제 손길을 쉽게 거부하지 못합니다. 물론 친구에게는 비밀입니다.

저는 한 남자에게 얽매이는 것을 싫어해 3명과도 공평하게 사귑니다.

친구가 연애 문제로 상담을 요청하면 은근히 마음이 설렙니다.

"다른 여자가 있는 것 같아."

친구가 걱정 어린 눈빛으로 저를 바라보면 가슴이 두방망이질 칩니다.

'그럼, 있고말고. 그 여자가 바로 나야.'

이런 말이 목구멍까지 올라오지만 꾹 참고 위로합니다.
"설마. 그를 믿어. 너 그 사람 좋아하잖아."
물론 3명의 남자친구와 성관계도 가집니다. 그 덕분에 제 친구들과 그 남자들 사이의 비밀도 알게 되었습니다. 이런 사실에 은근히 쾌감을 느끼곤 합니다.
남자친구들은 때때로 저를 타박합니다.
"너 진짜 나쁜 여자야. 그냥 나만 진지하게 만나면 안 될까?"
물론 그 사람이나 저나 피차일반이기 때문에 피식 웃고 넘깁니다.
저는 어째서 이런 관계를 즐기는 것일까요? 어린 시절 겪었던 마음의 상처 때문이 아닐까 싶습니다.
초등학교 1학년 때 아버지는 젊은 여성과 바람을 피우고 집을 나가버렸습니다. 아버지의 얼굴조차 잘 떠오르지 않습니다.
전업주부였던 어머니에게는 취업도 만만한 일이 아니었습니다. 그렇게 생고생을 하시면서 저와 남동생을 길렀습니다. 어머니는 미인과는 거리가 멀고 성격도 어두웠습니다. 아버지가 다른 여자에게 마음을 빼앗긴 것도 지금 와서는 그럴 법하다고 생각합니다. 그런 부모 밑에서 자라서 그럴까요, 이런 생각이 가슴에 각인된 것이 아닌지 모르겠습니다.

"사랑은 쟁취하는 것. 빼앗긴 사람에게 남는 것은 불행뿐."
여러 명의 남자친구를 사귀는 이유는 싫증 나지 않기 때문입니다.
특히 연애가 한창 무르익고 있는 남녀 사이에 끼어서 그 남성을 유혹할 때가 가장 스릴 넘칩니다. 친구랑 그 남자가 데이트하기로 한 날 저 역시 그 남자에게 전화를 걸어 데이트하자고 요구합니다. 친구의 남자친구 역시 저와 지속적으로 만나고 싶어 하기 때문에 그녀와의 데이트 약속을 취소하고 저를 만나러 옵니다.
데이트 자체보다는 친구로부터 연인을 빼앗았다는 사실이 저를 흥분시킵니다.
"그러다 큰 코 다칠지 몰라."
우려 섞인 충고를 자주 듣는데 어쩌면 그런 날이 찾아올지도 모르겠습니다.
하지만 제 습관은 쉽게 고쳐질 것 같지 않습니다.
설령 누군가에게 린치를 당하더라도 그 사람이 범죄를 저지른 것이지 저는 아무런 죄가 없지 않나요?

스릴 넘치는 분산연애를 즐기고 있는 분이군요.

본인도 자각하듯이 과거에 입은 마음의 상처(trauma) 때문에 '남의 남자친구를 가로채는 여자' 가 되었습니다.

이런 이중적인 생활을 유지하면서 단 한 번도 들키지 않았다는 것은 그만큼 철저했다는 뜻이고, 따라서 보통 사람으로서는 흉내 내기 어려운 연애 방식입니다.

타인의 불행은 곧 나의 행복이라는 말처럼 '남의 남자는 꿀맛' 이라고 해야 할까요?

정상적인 연애는 아니라고 여겨지지만 이 분은 각각의 남자친구들에게 묘한 매력을 선사하고 있다고 생각합니다. 외모만으로 이런 위험천만한 관계가 지속될 수는 없기 때문입니다.

본인도 모르는 사이에 남자들에게 위안을 주거나 편안함을 주고 있는 것 같습니다.

처음에는 남자친구를 빼앗는 것이 목적이었겠지만 점차 각각의 남성에게 사랑의 조각을 받아서 마음을 채워가고 있다고 생각됩니다.

한 남자에게 빠져 들지만 않는다면 여자친구와의 우정도 존속할 수 있으므로 이런 연애도 나쁘지만은 않다고 생각합니다.

한 남자로 만족하지 못하는 욕심쟁이형

마음의 상처(trauma)가 있는 것도 아닙니다. 남자친구와 사이가 벌어져 바람을 피우는 것도 아닙니다. 이유 없이 만나는 남자마다 사귀고 싶어 하는 욕심쟁이 여성이 있습니다.

교제 중인 남자친구의 연령층도 폭넓습니다.

"제일 어린 사람이 21살의 대학생이고, 환갑인 회사 사장님도 있어요. 그 밖에도 두 명의 남자친구가 더 있답니다."

자영업을 하는 33세 여성 M은 다수의 분산연애 상대와 사귀는 중입니다.

젊은 남성과는 강렬한 섹스를 즐깁니다. 30대의 남자와는 함께 술을 즐기거나 애간장 녹이는 섹스를 즐깁니다. 40대의 남자와는 야경을 보면서 어깨를 기대는 사이입니다. 60세의 회사 사장에게서는 사업을 지원받는다고 합니다.

"한 사람으로는 만족할 수 없어요. 그래서 많은 남자를 사귑니다.

이런 사실을 제 남자친구들은 모두 알고 있어요. 특별히 질투하지도 않아요. 저 말고도 여자친구나 부인이 있는 사람도 있어요. 처지가 똑같지요.

부인이 있거나 없거나 저에게는 상관이 없어요. 인생은 단 한 번뿐이잖아요.

한 남자의 여자로 살고 싶지는 않아요. 자유롭게 만나고 대화하고 섹스를 나누면서 제 인생을 마음껏 누립니다."

M은 겉보기에는 남자에게 원조를 받으며 살아가는 여성처럼 보이지만 이 역시 분산연애입니다.

몸만 섞고 돈을 타내는 여성과 달리 그녀는 누구에게도 생활비를 받지 않습니다.

"60세 사장이 용돈을 줄 때도 있지만 정중히 거절합니다.

돈이 궁해서 사귀는 것은 아닙니다. 단지 거래처를 소개받으면 고마운 거죠. 성관계를 가진 대가로 일을 받는 사이도 아니니까 스스로 당당해요.

저는 남자친구 모두를 정말로 좋아합니다. 단 1명이라도 제 곁을 떠난다면 제 삶이 흔들릴 것 같아요."

취미가 많은 것도 이 여성들의 특징입니다.

"쉬는 날에는 오페라도 보러 가고 미술관도 둘러봐요. 프로야구 경기가 있는 날에는 미리 표를 끊고 손꼽아 기다리기도 하고, 집에 있을 때는 원예를 하면서 소일합니다.

제 취미를 함께 즐길 수 있는 남자가 있다면 두 눈 딱 감고 결혼했을 거예요. 그러나 그런 남자는 눈 씻고 봐도 없더군요. 그래서 각각의 분야에 해박한 남자친구들을 사귀고 있습니다. 제게 너무 큰 도움이 되어서 도저히 놔줄 수가 없어요."

취미를 즐기는 일이라면 여자친구도 가능하지 않을까요?

"전 여자는 싫어요. 미묘한 감정 변화를 일일이 챙겨야 하니까 얼마나 귀찮은지 몰라요. 하지만 남자들은 항상 쿨하고 즐거워요. 야릇한 기분도 즐길 수 있으니 일석이조이지요. 취미 생활도 함께 누리고, 잠자리까지 즐거우니 얼마나 즐거운 인생인가요?"

이 여성들의 한계는 어디일까요?

'욕심쟁이형'의 여성은 대체로 혼자 있는 것을 견디지 못하는 쓸쓸한 사람들입니다.

항상 주목을 받고 싶고, 사람들의 한가운데 서있고 싶은 여성이 많습니다. 그래서 여러 남성의 손길로 그 욕구를 채웁니다.

자신과 잘 맞는 남성을 한 명도 아니고 여러 명 발견하는 일 자체가 능력입니다. 느낌이 온 남자는 끝까지 쫓아가 남자친구로 만듭니다. 설령 친구의 남자여도 개의치 않습니다. 사회적 지위가 높은 사람이나 유명인 역시 리스트에 올립니다.

"저는 끊임없이 제 자신을 개발합니다. 저랑 교제하려면 최소한의 지위와 외모가 받쳐주지 않으면 안 됩니다. 나이는 중요하지 않습니다. 그 분야에서 일류가 되어야 합니다. 제 남자친구 중에는 스포츠 선수도 있고, 연예인도 있습니다. 유명인들은 스캔들을 두려워하기 때문에 몸도 주고 마음도 주는 여자를 싫어합니다. 저는 비밀을 지킵니다. 그 때문에 그들로서도 관계 맺기가 편한 것일지 모릅니다."

앞서 스킨십과 마음의 교류를 분산연애라고 정의했습니다. 그러나 이 여성들에 이르면 체면이나 허영심도 만족시켜야 하는 것이 아닐까 싶습니다.

한편 '욕심쟁이형'의 여성들은 금방 싫증을 냅니다. 예를 들면 섹스 테크닉이 서투르면 곧 이별을 고합니다. 취미가 아무리 똑같아도 미련이 없습니다. 남자에게 요구하는 수준이 높은 여성들입니다.

또 한 사람과 관계가 끝나면 바로 다른 사람과 교제를 시작할 수 있는 능력이 있습니다. 도대체 이 많은 남자들을 어디서 데려오는 것인지 주위 사람도 혀를 내두를 정도입니다. 원할 때는 언제든지 자신의 욕망을 만족시킬 수 있는 노련한 여성입니다.

젊은 남성의 에너지, 중년 남성의 지혜 모두 필요해요

사사키 리에 35세, 도쿄도 에도가와구

저는 20살 이상의 연상이나 10살 아래의 연하만 사귑니다. 비슷한 연배는 왠지 끌리지 않습니다.

23살 연상의 남자는 회사 사장님입니다. 물론 유부남입니다. 그 남자로서는 저와의 관계가 불륜이지만 저는 독신이므로 문제없다고 생각합니다.

16살 연하의 남자는 사법 고시를 목표로 열심히 공부하는 변호사 지망생입니다.

사장과는 5년째 교제하고 있습니다. 제게 선물하는 것이 그의 기쁨인 것 같습니다. 한 번도 조른 적이 없는데 명품가방이나 액세서리를 사다줍니다.

저는 소위 커리어우먼이고, 수입도 제 또래보다 많습니다. 돈은 그다지 궁하지 않습니다.

사장은 제가 부인보다 잃고 싶지 않은 소중한 사람이라고 입버릇처럼 말합니다.

그는 술이나 담배도 하지 않습니다. 단란주점이나 룸살롱처럼 여자가 나오는 술집에도 드나들지 않습니다.

저는 연상의 사장으로부터 삶의 지혜를 배웁니다.

일이 안 풀릴 때 어떻게 대처해야 하는지, 부하들은 또 어떻게 다루어야 하는지 그의 말을 듣다 보면 저절로 무릎을 치게 됩니다.

이런 조언만으로 감지덕지인데 그는 매번 고가의 선물을 줍니다. 그래서 '이렇게 받으면 꼭 정부 같잖아요.' 하고 종알거리면 사장은 제 옆에서 만족스럽게 웃고 있습니다.

저는 정부란 말이 어쩐지 여성을 비하하는 말 같아서 듣기 거북스럽습니다.

그 무렵 웹사이트에서 신자키의 '분산연애' 라는 단어를 접하게 되었습니다. 순간 정신이 번쩍 들었습니다. '야, 이런 말도 있구나!

또 한 사람의 남자친구는 아르바이트도 하지 않고 매일 공부만 합니다.

사법 고시에 도전하는 그를 어떻게든 돕고 싶습니다.

그의 아파트에 갈 때는 항상 슈퍼에 들러 장을 한 보따리 봐서 갑니다.

영양가 있는 음식을 손수 만들어서 차려주면 걸신들린 사람처럼 즐겁게 먹습니다.

그 뒤에는 공부 스트레스를 해소하려는 듯 저를 격렬하게 안아줍니다.

사장은 섹스에서는 한수 아래입니다. 성 기능 개선제를 처방받은 뒤로 조금 나아지긴 했지만 이 젊은 남자에 비할 바는 아니지요. 이 남자는 금세 기력을 되찾고 다시 저를 뜨겁게 안아줍니다.

회사에서 저는 중간 관리직입니다. 위로 상사에게 눌리고, 아래로 부하 직원들에게 이리저리 치이며 삽니다.

아마 젊은 친구와의 섹스가 없었다면 우울증에 걸렸을지도 모릅니다.

얼마 전이었습니다. 젊은 남자친구와 사장을 함께 만나게 되었습니다.

우리 셋은 식사를 같이 했습니다. 물론 서로는 내가 양다리를 걸치고 있다는 사실을 모릅니다.

법학을 전공한 사장 역시 변호사를 목표로 고시 준비를 한 적이 있었기 때문에 둘은 곧 의기투합하였고, 분위기는 화기애애했습니다.

"자넨 여자친구 없나?"

사장의 격의 없는 질문에 저는 웃음보를 참느라 힘들었습니다.
그러나 두 사람 다 질투심이 강하기 때문에 더 이상 사리를 마련하지는 않았습니다.

인생이란 마치 롤플레잉 게임 같습니다.
최후의 보스를 쓰러뜨릴 즈음에는 더 이상 남은 적은 없고, 필요한 아이템도 없습니다. 그런데 돈은 남아돕니다. 지위도 있습니다. 명예도 있습니다. 그런데 젊음은 어떻게 될까요? 시간은요?
이것이 우리의 일생이 아닐까요?
인생 황혼기에 접어든 사람은 젊고 열심히 일하는 사람을 보면서 자신의 모습을 찾으려고 합니다.
조르지 않아도 선물을 주는 사장을 통해 그에게도 이런 마음이 있음을 엿봅니다.
사장 역시 예전에 연배가 위인 분에게서 물심양면으로 지원을 받은 적이 있다고 합니다.
사장뿐 아니라 당시 젊은 기업가 사이에서는 항상 젊은이에게 적극적으로 투자하는 천사로 알려져 있는 분입니다.

"당신들이 내 나이 정도 되면 그때는 당신들이 다시 젊은 사람들을 도왔으면 좋겠네."
사장은 젊은 시절 받았던 도움을 이렇게 다시 연하에게 베풀고 있는 것이라고 생각됩니다.

나이 든 분에게는 인생의 교훈을, 연하의 남성에게는 젊음을 받고 사는 여성의 이야기였습니다.

정신적인 사랑과 육체적인 사랑 모두 충족할 수 있는 분산연애를 하고 있다니 참 좋은 만남을 꾸려가는 분입니다.

좋아하는 남자가 자꾸 바뀝니다

오타 마미 22세, 미야기현 센다이시

저는 바람기가 다분한 여자입니다.

첫사랑은 유치원 시절의 짝사랑이었습니다. 수영 시간, 모두가 물놀이를 하고 있는데 어떤 남자아이가 크롤(crawl)로 멋지게 헤엄치는 장면을 보았습니다. 그때 난생처음 가슴이 두근거렸습니다. 그러나 곧 실연의 아픔도 맛보았습니다.

그 아이가 나보다 귀여운 여자아이와 손을 맞잡고 돌아가는 모습을 보았습니다. 하늘이 무너져 내리는 느낌이었습니다.

그때 이후로 지금까지 멋진 남성에게 한눈에 반하는 습관이 이어졌습니다. 물론 금방 달아오른 만큼 연애를 끝내는 것도 제 마음대로였습니다.

좋아하는 연예인도 마찬가지였습니다. 팬클럽에 가입하여 여기저기 공연을 쫓아다니는 사람들을 이해할 수 없었습니다. 방금 전까지도 이 연예인을 보며 가슴 설레다가도 곧 다른 연예인에게 필이 꽂혔습니다.

수년간의 교제 후에 결혼에 골인하는 친구를 보며 부럽다고 생각한 적도 있습니다. 그러나 이렇게 변덕이 심한 내가 과연 결혼을 할 수 있을까요?
타고난 성격이라고 단정 짓기로 했습니다.
정말 사랑받고 싶었습니다. 그러나 한 사람만으로는 만족하지 못합니다.
그러나 내심 결혼을 전제로 접근하는 남성은 부담스러웠습니다.
제 자신을 속이면서까지 세상의 상식에 얽매일 필요는 없다고 생각하니 기분이 편해졌습니다.
지금은, 남자친구라고 불러도 괜찮은지 모르겠습니다만, 여러 남성과 교제하며 조금씩 애정을 주고받습니다.
현재 남자친구는 5명입니다. 아르바이트를 하다 알게 된 사람이 한 명 있고, 대부분은 친구의 소개로 만났습니다. 열흘에 한 번씩 그중 한 사람과 데이트합니다.
섹스도 즐깁니다. 그러나 하지 않을 때도 있습니다. 모텔에 가려고 했는데 PC방에서 게임에 몰두하다보니 아침이 된 적도 더러 있습니다. 단둘이 바에서 술을 마시려고 했다가 친구들이 몰려오는 바람에 밤새도록 주점에서 논 적도 있습니다.
섹스 파트너는 아닙니다. 섹스가 목적인 데이트는 피합니다.

데이트를 하는 동안에는 제 가슴이 두근두근 설렙니다.
눈앞에 있는 남자친구를 진지하게 좋아하고, 상대도 최선을 다해 저를 즐겁게 해주려고 노력합니다.
오래 지속하지 못하는 제 연애 스타일에 대해서도 남자친구들에게 전부 밝혔습니다.
처음에는 망설이는 사람도 있었지만 몇몇은 저를 이해해줍니다.
"나도 그래. 속박되는 것은 정말 싫어."
의학적으로 판정을 한번 받아보고 싶기도 한데, 아마 제 뇌는 남성에 가까운지도 모릅니다.
어쩌면 제가 사랑하는 것은 남자가 아니라 제 자신이 아닐까 싶습니다.
평생을 살며 외로움에 울고 싶지 않습니다. 지금부터 다양한 취미와 제 인생의 기반이 될 한 가지 일을 찾고 싶습니다.

남자는 바깥 일을 돌보고 여자는 가정을 돌보는 것이 전통적인 생활상입니다. 그런 가치관에서는 여자는 결혼을 해야 행복을 누릴 수 있다고 믿습니다. 과거에는 여성의 사회 진출을 생각조차 할 수 없었으므로 어쩌면 당연한 발상이겠지요.

그러나 자기 앞가림은 자기가 하는 게 당연하다고 믿는 여성이라면 남성에게 얽매인 삶보다는 여러 남성과 자유롭게 연애를 즐기는 삶이 훨씬 행복하다고 여길 것입니다.

저를 걱정하는 친구가 있습니다.

"나이가 들어 아무도 나를 거들떠보지 않으면 정말 쓸쓸하지 않을까? 더구나 경제적으로 쪼들리면 어떡해?"

일에는 자신이 있습니다. 혼자 먹고사는 것은 어떻게든 충분하다고 생각합니다. 그러나 주름살이 늘고 몸매가 형편없이 망가진 뒤에는 정말 쓸쓸해질지도 모릅니다.

그러나 노년의 쓸쓸함 때문에 지금 한 사람에게 기대야 할까요?

결혼과 동시에 정말로 사랑하는 사람이 나타나면 어떻게 하지요? 오히려 불륜이 더 무섭지 않을까요?

지금은 결혼보다는 자유로운 분산연애만큼 훌륭한 대안이 없다고 생각합니다.

다양한 취미를 함께 누릴 수 있는 사람이 세상에 없어요

하세가와 하루나 27세, 도쿄도 시부야구

저는 호기심이 왕성합니다. 그 덕에 취미가 다양합니다.

즐기는 스포츠는 테니스와 스쿼시 그리고 수영입니다. 최근에는 서핑도 시작했습니다.

곁들여 야구와 축구는 관전하기를 좋아합니다.

음악 분야에도 좋아하는 아티스트의 팬클럽에 세 개나 가입했습니다. 라이브나 콘서트에는 빠짐없이 달려갑니다.

최근에는 친구 따라 코스프레의 재미에 흠뻑 빠졌습니다.

제일 좋아하는 일은 오토바이 타기입니다.

250CC 아메리칸 타입의 오토바이를 타고 해안가를 질주합니다.

문제는 남자친구입니다. 제 취미를 함께 누릴 수 있는 단 한 명의 남자친구를 찾기란 하늘의 별 따기입니다.

전에 사귀었던 남자친구는 고목나무의 매미처럼 하루 종일 옆에 달라붙어서 성가시게 굴었습니다.

저는 휴일이면 오전에는 스포츠센터에서 수영을 한 뒤, 스쿼

시로 땀을 빼는 것이 일과입니다. 그런데 그 남자친구와 교제한 뒤로는 스포츠센터를 다닐 수 없어 스트레스가 컸습니다.
좋아하는 밴드의 라이브 콘서트에도 한 번 데리고 간 적이 있습니다.
하드록 밴드이므로 줄곧 서서 한바탕 신명나게 놀아보는 것인데 그는 이런 분위기를 참지 못하고 도중에 나가버렸습니다.
콘서트가 끝나고 나가 보니 밖에서 혼자 담배를 피우면서 저를 기다리고 있었습니다.
꿔다 놓은 보릿자루마냥 서 있는 남자친구를 보자 기분이 착 가라앉았습니다.
그와 헤어진 계기 역시 제 취미 때문이었습니다. 그는 자기도 할 수 있다며 오토바이 교습소에 다니기 시작했습니다.
한 번도 오토바이를 타본 적이 없는 사람이 어떻게 저를 쫓아올 수 있을까요?
억지로 오토바이를 배우려고 하는 그의 모습이 너무 싫어서 그와 끝냈습니다.
매일 집에 틀어박혀서 비디오게임이나 하면 딱 어울릴 것 같은 사람과 사귄 게 잘못이라면 잘못이겠지요.

제 태도가 너무 일방적이지 않느냐고 말할지 모르지만 처음부터 한 남성과 제 취미를 함께 즐기고 싶은 마음은 없습니다.

방법은 간단합니다. 제 취미에 대해 저보다 더 잘 아는 남자친구를 여럿 사귀면 문제는 해소됩니다.

지금은 취미를 통해서 알게 된 남자가 4명입니다. 모두 가벼운 기분으로 만나고 있습니다.

오토바이광인 남자친구는 투어 팀의 리더로 함께 달리기도 합니다.

오토바이에 대한 해박한 지식을 갖고 있으므로 데이트할 때마다 새로운 지식을 배웁니다.

라이브 콘서트에는 팬클럽의 번개 모임에서 알게 된 남자친구와 함께 갑니다.

라이브 콘서트의 열기가 채 가시기도 전에 길거리에서 기타를 튕기며 라이브 연주를 들려주는 사람입니다. 특히 팬클럽의 멤버들이 한 목소리로 노래 부르는 것이 환상적이었습니다.

코스프레 클럽을 주최하는 대표와도 사귀고 있습니다.

그는 코스프레 세계에서는 유명인이므로 옆에 있으면 저도 어깨가 으쓱해집니다.

남자친구들은 모두 좋습니다.

저의 이 소중한 시간을 알차게 채워주기 때문입니다.

아직은 저의 연애 스타일을 비밀로 하고 있습니다.

제 친구가 이렇게 푸념한 적이 있습니다.

"내 남자친구는 나보다 서핑을 더 사랑해. 주말에는 서핑 친구와 함께 차를 타고 새벽 길을 달려서 바다로 간다고. 나는 늘 혼자야."

만일 두 사람의 취미가 같으면 어떨까요?

그녀도 라디오 전파를 통해 전해지는 파도 소식에 귀를 기울일 것이고, 그러면 둘은 들뜬 기분으로 차를 달릴 것입니다. 하루 종일, 함께 파도를 타면서 즐거운 휴일을 보낼 수 있습니다.

취미가 맞는 사람끼리의 교제가 가장 행복에 가깝다고 생각합니다.

그런데 이분과 같이 취미가 많은 경우에는 상황이 다릅니다.

모든 취미를 함께 할 수 있는 상대는 이 세상에 아마도 없을 것 같습니다.

취미활동을 할 때마다 남자친구나 남자친구처럼 함께할 수 있는 사람이 있다면 이보다 즐거운 삶은 없을 것입니다.

취미를 함께 누릴 수 있는 친구들이 있으면 행복한 교제를 꾸려갈 수 있습니다.

취미에서는 지위도 빈부 격차도 없습니다. 항상 웃으며 만날 수 있는 동료들이 있고, 이 가운데 마음까지 설레게 하는 사람이 있다면 정말 행운입니다. 더구나 한 명이 아니라 여러 명의 남자친구라면 생각만으로도 얼마나 멋진 일입니까?

여러 남성과의 만남을 통해 제 일에 활력을 찾습니다

나카가와 쇼에 34세, 도쿄도 메구로구

광고 대리점에서 경력을 쌓고, 컨설턴트 회사를 설립한 여성입니다.

이제 막 3년을 지났습니다만 차근차근 실적을 쌓는 사이 사원도 5명으로 늘었습니다.

그러나 이제부터 시작입니다. 회사를 키우기 위해서는 두루 도움을 받지 않으면 안 됩니다.

여성 CEO가 늘었다고 해도 여전히 경제 분야는 남성 중심의 사회입니다.

남자라면 간단히 OK 사인을 받았을 일도 여자라는 이유로 신용을 문제 삼으며 여러 차례 퇴짜를 맞았던 기억이 있습니다.

그때마다 기업 권력층의 보수적인 생각에 화가 치밀었습니다.

사업이 생각대로 풀리지 않을 때는 전에 다니던 회사 동료의 도움을 받으며 버텼습니다.

그는 항상 적재적소에 활용할 수 있는 조언을 주었고, 저는 그의 의견대로 일을 처리하여 어려움을 극복했습니다.

지를 도와준 사람이 또 있습니다. 모 잡지사의 기자입니다.
한번은 그와 인터뷰를 한 적이 있습니다. 그 인터뷰를 계기로 사이가 좋아져 일이 힘들 때마다 걱정도 해주고 격려의 전화도 주었습니다.
취재처의 사장을 소개해 주기도 해서 일을 수주한 적도 많았습니다.
그는 자신의 넓은 인맥을 적극 활용하여 제게 도움을 베풀었습니다.
마지막 한 사람은 비즈니스 교류회에서 알게 된 중소기업 사장입니다.
이 분도 자신이 몸담고 있는 단체의 모임이나 파티가 열리면 항상 저를 대동하고 다녔습니다. 이 자리에서 만난 사장들과 명함을 교환하면서 일을 수주하기도 했습니다.
이 3명의 남자는 제 사업에 있어서 반드시 필요한 사람들입니다.
또한 여자로서의 저에게도 소중한 존재입니다.
"몸을 팔아 장사하는 여자."
뒤에서는 뭐라고 수군대는지 모릅니다. 그러나 제가 상관할 바가 아닙니다.

사업 때문에 어쩔 수 없어서 그들과 교제하는 것은 아니기 때문입니다.
오히려 반대입니다. 처음에는 사람이 참 좋아서 만나게 되었고, 연애를 하다 보니 자연스럽게 성관계를 가졌습니다. 그런 뒤에 일도 지원받게 된 것입니다.
사업이 말처럼 쉬운 일은 아닙니다. 단지 육체적인 관계를 맺었기 때문에 일을 주는 것이라면 제가 아니라 다른 사람들이 승승장구했겠지요.
저 역시 그들에게 무언가를 주고 있다고 생각합니다. 그 때문에 그들이 제 사업에 신경을 써준다고 생각합니다.
사람에게 건강만큼 소중한 것이 있을까요?
저는 이 3명이 건강하게 일선에서 활동할 수 있도록 돕는 것이 제 역할이라고 생각합니다.
그래서 현미식을 만들어 주거나 직접 우린 과일 즙으로 건강주스를 만들어 보내기도 합니다.
제가 가장 신경을 쓰는 것은 그들의 생일입니다.
다른 사람에게는 평범한 하루에 불과하지만 본인에게는 1년에 단 하루뿐인 날이므로 특별히 챙깁니다.
누구보다 가장 먼저 메시지를 보내고, 선물을 준비합니다.

평소 맹렬 여성으로 열심히 살아가는 모습만 보여주었으므로 이 날은 특별히 그들과 식사를 하거나 연극을 보러가는 등 여성스런 모습으로 데이트를 즐깁니다.
그 시간만큼은 사업은 잊고 실컷 웃으며 큰 소리로 수다도 떨면서 스트레스를 날립니다.
결혼은 전혀 생각지 않습니다.
한 명으로는 제 에너지를 감당할 수 있을 것 같지 않습니다.
분산연애는 저에게 최상의 연애 방법입니다.

남성의 분산연애는 비난의 대상이 되지 않습니다. 그러나 여성은 다른 대우를 받습니다.

이런 왜곡된 시선은 누구의 잘못일까요? 여성 경영자들은 자주 입방아에 오르내립니다.

"저 여자의 뒤에는 분명히 후원자가 있을 거야."

"이번 일도 뻔하지. 몸으로 따낸 게 틀림없어."

있지도 않은 억측을 인터넷 게시판에 올리는 음해 세력도 있습니다.

실상은 다르더라도 마음에 상처는 남습니다.

잇속을 바라는 마음으로 시작한 연애는 오래 지속할 수 없습니다.

인간적인 신뢰가 바탕이 되어야 사랑도 주고받을 수 있고 일도 돌봐줄 수 있습니다.

저도 오랜 세월을 프리랜서로 살아왔습니다.

여러 사람과 알게 되고, 서로를 배려하고, 도와주는 마음이 없었다면 지금쯤 어디서 빌어먹고 있지 않았을까요?

특히 이때 도움을 받은 상대가 남성이면 분산연애로 발전하기도 합니다.

삶에 있어서 중요한 것은 돈도 아니고, 지위나 명예도 아닙니다. 사람과 사람 사이의 따뜻한 애정입니다.

분산연애 10대 지침

1 _ 상대를 속박해서는 안 된다

2 _ 상대에게 속박당해서도 안 된다

3 _ 마음과 마음으로 통해야 한다

4 _ 데이트 중에는 만나는 상대만 생각한다

5 _ 데이트 비용은 주머니가 넉넉한 사람이 지불한다

6 _ 상대방의 사생활을 간섭하지 않는다

7 _ 상대방이 사생활에 간섭하지 않도록 한다

8 _ 상대에게 주도권을 주지 않는다

9 _ 자신의 시간을 소중히 여긴다

10 _ 하루하루를 행복한 기분으로 보낸다

지금 가장 행복한 나날을 보내고 있습니다

과거의 저는 분산연애 체질이 아니었습니다. 사람이 한번 좋아지면 일편단심 민들레처럼 그 사람만 바라보는 여자였습니다.

그러나 수차례 연애 끝에 몸과 마음을 분산하는 연애가 제게 가장 적합하다는 사실을 깨닫게 되었습니다.

이혼 후 한 남자를 4년 동안 사귀었습니다. 그가 이렇게 말했습니다.

"우리 일평생에 일과 아이만큼 중요한 게 또 있을까?"

속으로는 거부감이 들었지만 그저 고개를 끄덕이는 수밖에 없었습니다.

그 다음에 만난 남자는 그럴싸한 말로 저를 속여 돈을 갈취하려고 했습니다.

이혼도 힘들었고, 그 후의 만남 역시 제게 큰 상처를 남겼습니다. 그 이후로 연애 공포증에 시달렸습니다.

한동안 일에만 매달렸습니다. 남자를 만날 기회가 여러 번 있었습니다. 그러나 일하는 시간을 쪼개서 사귈 만큼 마음을 끄는 상대는 없었습니다.

연애를 하고 싶었습니다. 섹스도 즐기고 싶었습니다. 억누르고 사는 게 능사는 아니었습니다. 그러나 예전과 같은 연애는 두 번 다시 하고 싶지 않았습니다.

지금은 여러 명의 남성들과 연애하고 있습니다.

콘서트에 같이 가는 샐러리맨, 회사 일을 상담할 수 있는 회사 사장, 제 아이에게 좋은 말을 들려주는 미용사, 젊고 멋진 대학생, 호스트바의 연하남 등 모두 소중한 남자친구입니다.

우리는 서로의 사생활에는 간섭하지 않습니다.

분산연애를 즐기는 여성은 나뿐이 아니라는 생각이 들었습니다. 왜 저와 같은 여성이 이렇게나 많은 것일까요?

외롭기 때문에 분산연애를 즐기는 것일까요? 아니면 단지 부러운 여자일 뿐일까요? 그러나 사람들이 뭐라고 하든지 상관하지 않습니다. 저는 지금 가장 행복한 나날을 보내고 있습니다.

가치관이 다른 분들에게 분산연애는 납득하기 어려운 연애

방법입니다. 그러나 한 번뿐인 인생을 생각하면 앞으로도 멋있는 남자들을 만나 분산연애를 즐기고 싶습니다.

다양한 남성과의 교제로부터 활력을 얻을 수 있다면, 내가 나답게 항상 밝게 웃으며 살 수 있다면 그것으로 충분합니다. 당신 역시 이런 분산연애의 즐거움을 누리기를 간절히 바랍니다.

옮긴이의 글

방학기간 중 일본에 잠시 머무는 동안 일본 TV에서 하는 우리나라의 〈아침마당〉 같은 프로그램을 볼 기회가 있었다. 연예인들의 가십, 남편과의 결혼 생활의 힘겨움, 바람 피는 남편과 남자친구에 대한 하소연, 전업 주부를 위한 취미 활동, 패션 트렌드 등 그야말로 다양한 내용으로 채워진다. 하루는 신자키 모모라는 작가가 출연한 '여성들의 연애상담' 이라는 코너를 보게 되었다. 거기에서 신자키 씨는 시청자들에게 연애와 관련한 내용을 전화로 상담해 주거나 조언 등을 해 주었다. 그러던 중 내 귀를 의심하는 내용이 들려왔다.

"그 남자들 모두를 각각 똑같이 사랑하고 있습니다."

신자키 씨가 남편과의 11년간의 단조로운 결혼 생활을 끝내고, 이혼 이후 한 남자가 아닌 여러 명의 남자와의 다양한 만남을 통해 자신의 아픔과 외로움을 극복하게 되었다고 이야기하는 부분이었다. 이혼 이후에도 제2의 행복한 삶을 위해 한 남자에게 자신의 모든 것을 바치며 희생하였는데 결과는 그 남자들이 자신을 속이거나 지겨워하고 헌신짝처럼 버렸다는 것이다. 그래서 결국은 '연애 공포증' 까지 걸릴 정도로 남자들을 기피하게 되었다고 한다. 하지만 자신의 마음과 몸을 분산하여 여러 남자와 사귀고부터는 한 남자에게 매달릴 필요도 없고 오히려 삶의 자신감과 활력이 넘친다는 이야기를 웃으면서 하였다. 인류의 긴 역사만큼 사랑에 대한 수많은 정의와 이에 따른 연애방법론도 즐비하였지만 그동안 한 남자와 한 여자가 만나서 사랑하는 것이 지극히 제대로 된(?) 연애법이라고 생각했던 나에게는 신자키 씨의 주장이 신선하게 다가왔다. 그리고 신자키 씨가 쓴 《분산연애》를 서점에서 끝까지 읽고서 이 책을 한국에도 소개해야겠다는 결심을 하게 되었다.

'분산연애' 는 한 마디로 여러 명의 남자를 사귀는 것으로, 내 몸과 마음을 분산시키는 연애법이다. 내 몸과 마음을 상대에게 케이크 조각처럼 나눠주고, 마찬가지로 상대에게서 내가 필요로 하는 몸과 마음을 조금씩 나눠서 받는 것이다. 즉, 여러 명의 상대와 진실한 마음으로 맺어지고, 여러 명의 상대에게 연애 감정을 느끼며 여러 명의 상대와 교제하는 것이다. 단 한 순간만이라도 다른 남성에게서 설렘을 느낄 수 있다면 이미 마음이 분산된 것이다. 분산 연애를 한다고 모든 남자와 육체적인 관계를 가질 필요는 없기 때문에 내 마음의 일부를 다른 남성에게 할애했다고 해서 비난하거나 자책해서도 안 된다.

'분산연애' 는 결코 바람을 권유하거나 불륜을 조장하는 것이 아니다. 그래서 천생연분을 만나 행복한 나날을 보내는 연인이나 부부에게는 절대로 권하지 않는다. 또한 가족에 대한 희생과 헌신을 가치 있는 삶이라 여기며, 현재의 삶이 행복으로 충만한 여성에게도 권하지 않는다. 다만 허전하고 외롭고 불안한 마음을 다른 누군가의 사랑으로 채우고 싶은 사람, 실연의 고통과 아픔으로 가슴의 빈자리를 다른 누군가의 사랑으로 채우고 싶은 사람이 《분산연애》를 읽는다면 삶의 자신감과 활력을 되찾을 수 있으리라 확신한다.

이 책에서 '분산연애' 의 첫 걸음은 자기 자신부터 사랑하는 것이라고 말한다. 세상의 중심을 그가 아닌 나로 기준을 정할 때 '분산연애' 를 시작할 수 있다. 남자에 대한 집착을 버리면 한 남자에게만 의존하지 않게 되고, 마음의 자유를 얻을 수 있다. 이 자유를 통해서 통통 튀는 생동감을 삶에서 구현할 수 있는 것이다.

'분산연애' 는 열정적 사랑에 치우치지 않고, 낭만적 사랑에 집착하지 않으며, 두 가지가 합쳐져 완결된 사랑으로 특별한 '관계' 뿐만 아니라 나에게만 특별한 '사람' 과 사랑을 나누는 것이다.

자립하고 당당한 연애를 꿈꾸는 대한민국의 모든 여성들에게 「분산연애」를 조심스럽게 권해 본다.